다 끌어안고 살지 않겠습니다

새로운 나를 위한 인생의 재고 정리

다 끌어안고 살지 않겠습니다

야마시타 히데코 지음
박주희 옮김

레드박스

한 그루의 나무가 모여 푸른 숲을 이루듯이
청림의 책들은 삶을 풍요롭게 합니다.

나답게 살아가기 위한
인생의 재고 정리

〈15년 전의 나에게〉

연말 '단샤리'* 작업에서 굉장한 물건 하나를 발견했다. 그
것은 바로 업무용 책상 깊숙한 곳에 잠들어 있던 증명사진.

상자에서 툭 떨어진 사진 속에는 왠지 생기 없어 보이는
아줌마가 있었다. 전체적으로 칙칙한 분위기가 감돈다.

'이건 누구지?' 하고 유심히 들여다보는데…… 어머, 이건
15년 전의 나잖아!

밋밋한 헤어스타일, 무난한 복장, 좋게 말하면 내추럴하
다고 할 수 있지만 대충 찍어 바른 화장이며 조잡해 보이는

• 단샤리(斷捨離)란 불필요한 것을 끊고(斷), 버리고(捨), 집착에서 벗어나는(離)
것을 지향하는 정리법이자 생활 방식이다.—옮긴이 주

즉석사진의 화질을 감안하더라도 매력이라고는 눈곱만큼도 없는 무표정한 얼굴을 하고 있다.

그리고 무엇보다 눈빛이 흐리멍덩한 게 썩은 동태눈 같다! 이게 정말 나란 말인가?

자화자찬이라 민망하지만, 15년이 지난 지금의 내가 훨씬 젊어 보인다. 얼굴도 아직까지는 그럭저럭 봐줄 만하다.

그 시절의 나는 왜 그렇게 폭삭 늙었던 것일까?

당시 한창 육아 전쟁 중이라 날마다 녹초가 되어 있던 건 부인할 수 없는 사실이다. 그렇지만 가장 큰 이유는 에너지 방전이다. 매일 밥 먹듯이 아이들과 씨름하며 격전에 시달렸다. 아무리 노력해도 엄마 역할은 당연한 것이었고, 누구 하나 나를 칭찬해주는 사람도 없었다.

이것도 못하고, 저것도 못하고…… 뭣 좀 해보려고 해도 제약은 왜 이리도 많은지, 불만은 점점 늘어갔다. 문득 나만 혼자 사회에서 뒤처지는 것 같은 불안이 고개를 내밀었다.

요즘과는 달리 육아 지원이 턱없이 부족했던 터라 어디 상담할 데도 없었기에 나는 날마다 고군분투하면서 참으로 고독한 나날을 보냈다. 해가 뜨고, 해가 지고, 잠들고…… 매일 똑같은 날들의 반복. 어제가 오늘 같고 오늘이 내일 같은 생활을 되풀이하고 있자니 감정이 메말라서 즐거운 일, 기쁜 일, 예쁜 것에도 무감각해졌다. '인생무상'이라는 말이 머릿속에서 떠나지 않았다.

필요·적합·상쾌를 느끼는 센서인 '내재지(內在智)'에는 퍼렇게 녹이 슬어 가뜩이나 부족한 에너지가 술술 새는 지경에까지 이르렀다. 당연히 집을 정리할 기력조차 없었다. 집은 마음의 상태를 반영하므로 보나 마나 십 안 꼴노 뉘숙박죽 난장판이었으리라.

만약 타임머신이 있다면 15년 전으로 돌아가 그 시절의 나에게 단샤리에 대해 가르쳐주고 싶다……. 꽉 막힌 인생의 흐름을 되돌리고 싶을 때, 누구나 사용할 수 있는 신통방통한 도구가 있다고 귀뜸이라도 해주고 싶다.

단샤리란 언뜻 보면 그저 불필요한 물건을 버리는 행위이나 더불어 마음속까지 정리가 된다. 나에게 불필요·부적합·불쾌한 물건을 치우면, 신기하게도 마음까지 후련해지고 콧노래가 절로 나온다.

흐름이 되살아나면 의외로 멋진 물건·일·사람이 몰려들어 하모니를 이룬다. 아울러 내 인생에는 무엇 하나 헛된 것이 없음을 피부로 느낄 수 있다.

이 사진을 찍었을 때부터 지금에 이르기까지 별의별 일이 참 많았다. 그렇지만 그 별의별 일이 나를 변화시키는 밑거름이 되었다. 나는 "인생이란 살 만하구나" 하고 활짝 웃을 줄 아는 사람이 되었다.

이상하게 되는 일이 없고 행운의 여신마저 나를 외면한다고 느껴질 때, 절망에 빠져 있을 때야말로 단샤리는 그 힘을 발휘한다.

내가 경험한 놀라운 생활 방식의 도구인 단샤리를 가르쳐주고 싶다. 그 시절의 나에게, 그리고…… 지금 이 순간, 고달픔을 안고 살아가는 당신에게.

*

이 책은 갓 오십 줄에 들어선 한 여인의 고백이 담긴 일기장이라 할 수 있다.

단샤리라는 정리술, 아니 정리이기는 하나 단순한 정리 수준이 아닌, 인생에 극적인 변화를 가져다주는 기특한 정리술에 임하는 평범한 주부의 이야기가 담겨 있다.

그렇다, 단샤리란 한마디로 생활 방식의 도구다.

망설이지 않고 나답게 살아가기 위한 열쇠.

거창하지 않은, **그저 필요 없는 물건을 삶에서 말끔하게 치우는 정도의 손쉬운 작업**이다.

그렇지만 필요 없는 물건들이 우리에게 많은 것을 가르쳐주기도 한다.

지금 눈앞에 있는 물건들은 저마다 자신의 사고와 관념과 감정의 증거품으로 존재하고 있기 때문이다.

그런데 우리는 필요 없는 물건들의 존재조차 알아차리지 못하고 있는 건 아닌가?

등잔 밑이 어둡다고, 눈앞에 있으면서도 있는 줄도 모르는 것이 더 큰 문제다. 무의식적으로 무거운 짐을 짊어지고 있다면, 이미 쓸모가 없어진 짐짝을 고생스럽게 짊어지고 있다면, 얼마나 고단한 인생인가.

단샤리는 자신의 인생을 고달프게 하는 짐의 존재를 깨닫고, 그 짐을 어깨에서 내려놓도록 스스로 허락하는 작업이다. 물론 허락을 내린 후, 실제로 내려놓는 행위도 다른 사람의 손을 빌리지 않고 자기 손으로 직접 한다.

우선 짐 속의 내용물을 점검하면서 첫 단추를 끼워보자. 지금의 나에게 **불필요한 물건은 부담스러운 사고의 증거품, 부적합**

한 물건은 부담스러운 감각의 증거품, 불쾌한 물건은 부담스러운 감성의 증거품이다. 이를 잘 구별할 수 있도록 재차, 삼차 점검하자.

필요해지면 다시 짊어지면 그만이다. 점검이 끝나면 짐은 훨씬 가벼워질 것이다. 더욱이 그 짐 꾸러미 안에 마음에 쏙 드는 물건들만 있다면 짊어지는 일조차 흥겨우리라.

단샤리란 인생의 점검이자 내 인생에 던지는 물음표.

단샤리란 물건과 마주하고, 나 자신과 마주하고, 진정한 내 인생을 되찾아가는 여정.

단샤리란 '새로운 나'를 만나기 위한 인생의 재고 정리.

40대부터 50대는 가족과 일, 그리고 자신의 건강 상태에 변화가 찾아오는 이른바 인생의 전환기다. 그래서 더더욱 여성에게 (그리고 남성에게도) 50대는 한껏 들뜨는 인생의 무대로 다가온다. 무엇보다도 나 자신을 신뢰하기 위한 단샤리를 시작해보자.

자, 이제 당신을 단샤리의 세계로 초대합니다. 함께하시겠습니까?

차
례

1장

새로운 나를 만나기
위하여

인생의 정리 정돈이
필요한 시간

인생을 마라톤 코스에 비교한다면 선수는 몸이 가벼울수록 유리하다. 마음속에 안심과 신뢰가 자리 잡고 있다면 거치적거리는 짐짝 따위 없이 가뿐하게 출발할 수 있다. 당신은 어떤 장비를 하고 어떤 관점으로 인생의 새로운 무대를 맞이하고 싶은가?

새로운 무대에
오르기 전에

가능하면 나의 일은 스스로 매듭짓고 싶다. 그렇지만 매듭을 짓기 전에 무엇이든 마음껏 즐기고 인생을 한껏 맛보고 싶다.

'생전(生前)정리'라는 말이 있다. 자신의 인생을 스스로 정리해두고자 하는 의도와 뜻이 담겨 있는 말이다.

이제 점점 나이가 드는 나. 늙음을 맞이하는 데 조금은 대비를 해두자는 것이다. 그래서 '정리'에는 '준비'라는 의미가 내포되어 있는 게 아닌가 싶다.

오십 줄이면 '생전정리'는 아직 한참 뒤의 일이다.

그렇긴 하지만 이제까지와는 다르게 몸의 변화를 느끼기 시작하고 갈수록 젊음과는 멀어져가는 자신의 모습을 보고 있자면, '나이 듦'이 이젠 남의 일이 아니구나 하고 피부로 느끼는 연령대이기도 하다. 누구도 피할 수 없는 나이 듦에 대해 무엇을 어떻게 대비하려 하는지, 대비하려는 마음속에는 나이 듦에 대해 어떤 모습을 예상하는지, 이 부분을 명확히 해둘 필요가 있다. 같은 '정리'를 하더라도 동기부여 면에서는 사뭇 다르기 때문이다.

늙으면 주위에 민폐를 끼치지 말아야지, 공연히 신세를 지게 되어 미안한 일이 생기지 않았으면 좋겠다, 그러니 되도록 몸이 성한 지금 미리 정리를 해두고 싶다…….

만일 이런 생각에 '노전(老前)준비'에 들어가려 한다면, 그건 언뜻 보기에는 가장 그럴듯한 이유일지 모른다. 하지만 어쩐지 애잔함이 따른다.

거기에는 '나이 듦이란 남에게 폐를 끼치는 것', '나이가 들면 미안한 존재가 되는 것'이라는 알게 모르게 쌓인 부담스러운 관념이 언뜻언뜻 비친다.

그렇다. 나이 듦은 그런 이미지가 앞서는 듯하다. 그렇지만 이제 더 이상 젊지 않더라도, 체력이 떨어진 걸 확연히 느낀다 해도, 생명이라는 건 살아 있는 한 약동하는 게 아닌가. 이건 틀림없는 사실이다. 심장이 고동치고 호흡이라는 대사가 끊이지 않는 것이 바로 그 증거다. 나이 듦이란 단지 생명의 약동의 질이 지금과는 다르게 변화하는 것이다.

그러므로 자기 생명의 약동에 '민폐'나 '미안함'이라는 딱지를 붙이는 건 매우 무례하다.

나는 다음과 같은 생각으로 '노전준비'를 한다면 굉장히

멋질 것 같다.

인생의 새로운 무대에 오르기 전, 지금 있는 무대를 원 없
이 만끽하자.

만끽한 뒤에는 제대로 매듭을 짓고 졸업하자.

이를 이루기 위해서는 무엇이 필요하고 무엇이 필요 없
는지를 잘 분별해야 한다. 나 자신의 선택과 결단으로 무엇
을 남기고 무엇을 내려놓는 것이 좋을지 신중히 가려내자.

50대의 단샤리는 이런 것이어야 하지 않을까? 처음 시작
은 물건 정리, 물건의 취사선택이었으나 이제 단샤리는 필
요, 불필요가 비단 물건에만 그치지 않는다는 것이 명확해
졌다.

나이를 먹는다
=늙는다?

한데 나이를 먹는다는 것(加齡)은 곧 늙음일까? 늙음은 곧
'나이 먹음'에서 오는 법일까?

이런 사고와 관념이 우리 앞에 놓인 인생에 농도 짙게 드리운다는 걸 새겨두고 싶다.

달력을 넘기면 한 살 한 살 나이를 먹는다는 건 누구나 똑같지만, 그것이 꼭 신체적인 노화와 정신적인 노화에 비례하는 건 아니다. 나이에 비해 폭삭 늙은 사람도 많이 있는 반면에 그깟 나이 따위에 지지 않고 발랄하게 지내는 사람도 얼마든지 있다.

우리가 이제 더 이상 젊지 않다고 느낄 때, 그 생각은 어디에서 오는 것일까?

우리가 아직은 한창 젊다고 느낄 때, 그 생각은 어디에서 오는 것일까?

아마도 이렇게 비교가 되는 기준은 생각, 바로 거기에 있을 것이다.

젊은 후배를 가까이서 접할 때나 이제껏 힘겹게 지켜온 자리에서 그만 물러나야 할 때, 그저 나이만 따져서 젊음만이 인정받는 상황이나 그런 환경에 몸담고 있으면 마음속에서 자기 나이만 두드러져 보이는 건 어쩔 수 없는 일이다.

한편, 젊은이를 기술이나 능력으로 이긴다고 느낄 때는

스스로를 젊게 평가하는 사람도 있으리라. 즉 **모든 건 자신을 둘러싼 외적인 상황과 스스로를 비교함으로써 흔들리는 것이 아닐까.**

'나도 이제 지긋한 나이인지라' 하면서 무심코 자신을 결박할 필요도 없고, '나는 아직 한창이야' 하고 짐짓 자신을 고무할 필요도 없는 상태. 그런 마음가짐이라면 '나이를 먹는다=늙는다'라는 공식에서 자유로워질 수 있지 않을까? 비교가 없는 영역이므로 지금의 나를 오롯이 받아들이고, 있는 모습 그대로 즐기는 데 초점을 맞출 수 있을 것이다.

그렇다. **'나이 듦'이라는 사고와 관념으로 공연히 인생을 짓누를 필요는 없다.** 이 관념을 선택하든 말든 그건 본인에게 달려 있다. 내가 중요하게 여기고 싶은 사고와 관념을 의식하며 의도적으로 선택하면 된다.

인생을 마라톤 코스에 비교한다면 선수는 몸이 가벼울수록 유리하다. 구태여 무거운 짐을 등에 지고 달리는 선수가 어디 있겠는가. 필요한 물품은 코스 중간중간 지나가는 자리에 다 준비되어 있다. 선수는 안심하고 코스에서 열심히 달리기만 하면 된다. 짐을 짊어진 선수는 그런 신뢰가 없기에 필요한 물품을 일일이 다 싸들고 달려야 한다고 생각하는 것이다. 몸이 가벼운 선수와 바리바리 싼 짐을 메고 달리는 선수. 두 선수의 피로 축적과 체력 소모의 정도를 비교한다면 그 차가 얼마나 클지는 두말하면 잔소리 아닐까?

나는 이렇게 생각한다. 바리바리 싼 짐 가운데 가장 무거운 짐은 '나이를 먹는다=늙는다'라는 사고다. 그리고 그런 사고방식에 사로잡혀 있다는 것조차 깨닫지 못하는 현실이 인생을 한층 더 고달프게 만든다.

한데 이는 충분히 깨달을 수 있다. 그런 생각은 **반드시 내 주위를 둘러싸고 있는 물건으로 나타나기 때문이다.** 그렇다, 영락없이 나타난다.

인생이 버겁게 느껴지는 건 '사고'에 사로잡혀 있기 때문이다.

사고는 물건으로 나타난다.

'나이를 먹는다=늙는다'는 가장 거추장스러운 사고다!

무거운 짐짝은
벗어던지고

~~~~~~~~~~

몸이 가벼운 선수와 온갖 짐을 짊어진 선수, 이 두 선수의 차이를 조금 더 깊이 생각해보자. 대관절 그 차이는 어디에서 나오는 것일까?

이제부터 달리고자 하는 길, 40킬로미터 남짓 되는 거리에 무엇이 기다리고 있을지는 아무도 모른다. 예측할 수 없는 갖가지 사태에 대비하고자 이런저런 준비를 하고 싶어 하는 마음도 무리는 아니다.

그렇지만 예측할 수 없는 이런저런 사태를 어떤 시각, 어떤 관점으로 바라보는지에 따라 그 차이가 생겨나는 것이 아닐까?

마라톤 대회를 앞둔 두 사람이 있다. 평소 나이를 먹으면 일이 뜻대로 되지 않는다는 '고정 관념'이 머릿속에 똬리를 튼 사람은 으레 걱정부터 앞서므로 불안한 마음에 만반의 준비를 갖출 것이다. 한편 오히려 앞으로 무슨 일이 어떻게 일어날지 전혀 예측할 수 없는데 무슨 준비를 어떻게 하겠느냐고 생각하는 사람은 가벼운 복장으로 완주의 희망에 초점을 맞출 수 있지 않을까?

내가 짊어지고 떠안은 짐 꾸러미 속에 '불안'을 넣을지, '희망'을 넣을지는 스스로 선택할 수 있다. 마음속에 안심과 신뢰가 자리 잡고 있다면 거치적거리고 무겁기만 한 짐짝 따위 없이 가뿐하게 출발할 수 있다.

50대의 인생 무대를 다시 정리해보자.

중장비로 임하는 새로운 인생 무대.
경장비로 경쾌하게 대처하는 새로운 인생 무대.
장비에 연연하지 않고 힘차게 내딛는 새로운 인생 무대.

인생의 50대를 어떤 장비를 하고 어떤 관점으로 바라볼 것인가? 먼저 자신의 태도를 확인해보자. 다음은 그 태도를 선택한 이유를 검증하는 단계다. 내가 어떤 상황에 처해도, 나중에 상황이 어떻게 바뀌더라도 나는 휩쓸리지 않고 이 관점을 유지할 것인가를 머릿속으로 더듬어보자. 의외로 재미있는 작업이다. 그리고 앞으로는 자신이 선택한 관점에 따른 자세를 의도적으로 선택하고 결단을 내리면 된다.

마라톤 골인 지점에 있는 자신의 모습을 상상해보자. 어떤 생각이 드는가? 어떠한 결단을 내리든 그것은 본인의 자유고, 그 결과는 고스란히 자신에게 돌아온다.

다짐하건대 돌아온 결과에 불평하는 사람이 되지는 말자.

자, 당신은 어떤 50대를 살고 싶은가? 나는 경장비파와 장비에 연연하지 않는 파의 중간 정도가 아닐까 싶다. 아니, 마음 한편으로는 지금까지의 나를 모두 벗어던지고 한층 새롭고 자유로운 무대로 풍덩 뛰어들고 싶은 심정이다.

새로운 나를 꿈꾸는 이들에게 이 책을 선사한다. 자신의 결단으로 새로운 인생 무대에 임하고자 하는 동지들에게 조금이나마 보탬이 되고자 파란만장한 나의 이야기를 들려주고 싶다.

자신의 인생을 억압하는 짐짝, 그리고 그 안에 숨어 있는 사고와 관념을 파헤쳐서 나를 속박하는 것을 모두 내려놓고 내버리도록 스스로 허락하는 과정을 엿볼 수 있을 것이다. 물론 실천하는 데는 각오와 용기가 필요하다.

단샤리는 인생을 정리하는 작업이다.

지금은 단샤리의 달인처럼 보이지만 나 역시 스스로 허락을 내리지 못하는 괴로운 40대를 보냈다.

어째서 단샤리가 인생의 정리인가?

어째서 50대가 새로운 인생 무대의 입구일까?

지금부터 나의 단샤리와 우여곡절과 깨달음의 이야기보
따리를 활짝 풀어놓으려 한다.

———

단샤리란 인생의 정리다.

———

물건에 숨어 있는 사고와 관념을 파헤치고,
자신을 구속하는 모든 것을 내려놓도록 스스
로 허락을 내리는 과정이다.

피곤에 절어 있던
나의 40대

'아이를 위해서', '남편을 위해서', '커리어를 위해서' 그렇게 아 등바둥했는데, 이제 와서 깨달은 건 '날 필요로 하는 사람이 아 무도 없다'는 냉혹한 현실인가? 그러나 나는 되도록 지각변동의 타이밍에 맞춰 나의 역할을 변경해 새로운 무대로 성큼성큼 나 아가고 싶다. 현재 상태를 바꾸는 건 그리 어려운 일이 아니다.

사는 게 덧없다고
느껴지던 시절

지금으로부터 십수 년 전, 40대였던 나는 남편이 경영하는 회사에서 경리 업무를 맡아보았다. 원체 돈 계산 같은 일에는 흥미가 없는 기질이라 아무리 월급 받고 일한다지만, 보람을 느낀 적은 한 번도 없었다.

지금은 돌아가셨으나 시아버지가 편찮으신 것도 마침 그맘때부터였다. 좋아하지도 않는 일을 억지로 해야 하는 스트레스와 날마다 병간호에 신경을 써야 하는 스트레스의 이중고에 시달리고 있자니 정말이지 숨이 막힐 지경이었다.

그나마 요가를 하고 있었기에 그럭저럭 생활의 균형은 잡고 있었지만 하필이면 갱년기까지 찾아오는 바람에 온몸이 여기저기 쑤시고 아팠다.

나는 마치 출구가 보이지 않는 터널 속에 갇혀 있는 듯한 기분이 들었다.

뭔가 다른 일을 할 수 있다는 확고한 믿음이 있었던 것은 아니지만, 무의식적으로는 '나답게 활기차게 지낼 수 있는 영역이 분명히 있을 거야' 하고 느꼈던 것도 사실이다.

'내가 가진 능력을 한껏 살리며 살고 있지 않다.' '내 역할을 다하고 있지 않다.' 마음속으로는 계속 이런 불만이 쌓여 갔다.

내 인생을 살고 있다는 실감조차 느껴지지 않았기에 말 못할 불만으로 내 속은 시커멓게 멍이 들었다.

그때의 느낌을 한마디로 표현한다면 그야말로 '인생무상'이다.

체력적으로 아직 쌩쌩한 나이인데 어째서 다 시들어버린 화초처럼 인생이 '덧없다'고 느껴졌을까? 이제와 생각해보면 '내 능력을 충분히 발휘하지 않으며' 살고 있다는 감정이 원인이었다. 한데 당시에는 원인에 초점을 맞춰 사고하는 능력이 없었기에 안타깝게도 나의 40대는 기진맥진했던 기억밖에 없다.

충동적으로
사들인 교재들

내가 몸서리치며 괴로워한 흔적은 나를 둘러싼 물건으로 고스란히 나타난다.

'내 인생은 이대로 끝나는 걸까?'

그 시절 나는 막연한 불안과 초조함에 휩싸여 통신교육 교재를 잔뜩 사들였다.

무언가 다른 할 일이 있을 거야. 내가 할 수 있는 다른 일이 일을 거야.

생각만 앞서 이것저것 손을 안 대본 통신교육이 없을 정도로 충동적으로 교재를 사들였다. 한데 기껏 산 교재는 이것도 아니야, 저것도 아니야 하면서 첫 장만 읽고 바로 벽장 안으로 직행했다.

당시 나는 이미 단샤리 생활 방식이 확립되어 있었으므로 우리 집은 누가 와서 보더라도 별장으로 착각할 만큼 깔끔하게 정리되어 있었다. 다만 남의 시선이 잘 닿지 않는 벽장은 단샤리를 하지 못한 탓에 방치된 물건이 적잖이 숨어 있었다.

그렇다. 버리지 못한 각종 통신교육 교재는 그야말로 나의 초조함과 불안의 상징이었다.

나는 내 안에 있는 막연한 초조함과 불안을 어렴풋이나마 깨닫고 있었으면서도 진지하게 정면으로 마주하고 검증하는 방법을 알지 못했다. 결국 고통을 자처한 격이었다.

인생의 지각변동이
일어나는 시기

~~~~~~~~~~

결혼과 출산을 한 나이에 따라 다르겠지만, 여성에게 40대
부터 50대는 인생의 지각변동이 일어나는 시기가 아닐까?

내가 없으면 아무것도 못하던 아이도 성장해서 어느덧
엄마 손을 떠나게 된다. 한동안 거의 모든 시간과 노력을 쏟
아부었던 육아를 졸업하면 이제 내 역할을 잃어버린 듯한
기분이 들기 마련이다.

커리어 우먼으로 열심히 일에 전념해왔든 당당하게 독신
으로 살아왔든 아이가 없는 딩크족으로 자유롭게 살아왔든
다 마찬가지다. 이대로 살아가도 괜찮을까, 노후도 혼자 보
내려나, 하는 불안이 똬리를 튼다. 업무 변화에 따라가지 못
하는 건 아닌가 하는 초조함도 들고, 왠지 능력의 한계도 보
이는 것 같다. 남편이나 연인에게 눈을 돌려보지만 연애감
정은 이미 유물이 되어버린 지 오래고, 익숙해진 관계에 한
숨이 새어나온다.

그동안 '아이를 위해서', '남편을 위해서', '커리어를 위해
서' 그렇게 아등바등했는데, 이제 와서 깨달은 건 나를 필요
로 하는 사람이 아무도 없다는 냉혹한 현실이다. 내 역할을

잃었다는 상실감, 그동안 나 자신이 아닌 남을 위해 노력을 허비했다는 사실에 대한 피해의식, 앞으로 무엇을 해야 하나 하는 초조함, 오만 가지 생각이 한데 뒤섞여 가라앉는다. 이 침전물이 마음을 짓눌러 다 '부질없다'는 허무함을 느끼게 한다.

서서히 신체변화도 밀려온다. 몸도 자꾸 예전 같지 않은 느낌이 들다 보니 미래에 대한 불안감이 몰려온다.

현재 상태에 불만을 품기도 하고, 위화감을 느끼면서도 변화는 꿈도 꾸지 못한다. 이것이 바로 '○○ 때문에' 노력한 세대의 특징이다.

자신의 감정과 진지하게 마주하지도 못한 채 '나는 지금까지 ○○ 때문에 희생을 했다'는 피해의식이 더해져 자칫 남은 인생을 사무친 원한으로 도배하는 사람이 되기 쉽다.

이것이야말로 '헛된' 인생이 아닌가.

나는 되도록 지각변동의 타이밍에 맞춰 나의 역할을 변경해 새로운 무대로 성큼성큼 나아가고 싶다.

정체된 사고 안에서 허우적거리다 보면 현재 상태를 타개하는 일에는 엄두도 못 내는데, 사실 현재 상태를 바꾸는 건 그리 어려운 일이 아니다. 자신의 마음을 짓누르고 있는 물건을 치우고 내버리면 그만이다.

———

현재 상태를 바꾸는 일은 어렵지 않다. 자신의
마음을 짓누르고 있는 물건을 치우면 된다.

50살부터 시작되는
'자기 인생'

나를 답답하게 하는 물건은 무엇인가? 나를 숨 막히게 하는 일
은 무엇인가? 나를 구속하는 사람은 누구인가? 그것들을 치워
버리고 지금의 나를 두근두근하게 하는 물건 · 일 · 사람, 그리
고 관념을 고를 줄 알게 된다면 반짝반짝 빛나는 미래가 눈앞에
펼쳐질 것이다. 그렇게 나를 대접하자.

사람은 50살에
다시 태어난다

~~~~~~~~~~~~~

50대에 새로운 인생 무대가 시작된다는 사실을 일깨워준 잊을 수 없는 에피소드가 있다.

"야마시타 씨, 사람은 50살에 다시 태어나요. 그래서 나는 지금 8살이라오."

나에게 코칭을 지도해준 고마운 구로사와 요시미 선생님.

지금으로부터 수년 전, 어느 날 선생님이 뼈 있는 한마디를 던졌다.

사람은 어린 시절부터 부모나 주위 사람의 관념을 받아들이며 살아간다. 그 관념과 갈등하면서 동고동락하는 건 50살까지다.

이것도 아니야 저것도 아니야 하며 우왕좌왕한 끝에 간신히 그 관념에서 벗어난다.

하늘의 뜻을 안다는 지천명이 될 즈음, 비로소 자기 자신의 가치관으로 살아갈 수 있다는 뜻이다.

되돌아보면 내가 인생의 어두운 터널에서 빠져나온 것도 50대를 눈앞에 둔 시기였다.

충동구매 후 벽장 안에 처박아둔 각종 교재 세트를 눈 딱 감고 버리고 난 뒤 비로소 그 의미를 깨달았다. 그리고 남편에게 "더 이상 회사 일은 못하겠어요"라고 선언하고 경리 일도 과감하게 그만두었다.

이는 곧 오랫동안 갇혀 있던 터널을 빠져나온 순간이자 이제부터는 '나를 위해서 살아가자'고 가까스로 나 자신에게 허락을 내린 역사적인 순간이기도 하다.

그때부터 나는 홀로 꾸준히 실천하던 '단샤리'를 다른 사람들에게도 널리 알리고자 바깥세상을 향해 목소리를 내기 시작했다.

터널을 빠져나온 후 나는 날아갈 듯이 가뿐하고 마음이 편안했다!

물론 일상에 묻혀 있다 보면, 이런저런 생각으로 고뇌할 때도 있고 마음이 어지러워지는 때도 많다. 그렇지만 마음의 밑바탕은 늘 가든가든했다. 누구를 위해서가 아닌 '나를 위해' 살아가고 있다는 기분이 내 일상생활의 한편을 환하게 비춰주고 있는데 기분이 안 좋을 리가 있을까?

구로사와 선생님의 한마디가 어두운 터널에서 40대를 보낸 나의 마음에 사무치게 와 닿았다.

나이를 자기 인생으로 계산해본다면, 당시의 나는 아장아장 걷는 유아기였다.

"이제부터 내 발을 단련시키면, 내 힘으로 내가 원하는 곳 어디든 갈 수 있다." 아, 나의 미래가 흡사 망망대해에 비치는 한 줄기 서광처럼 느껴지던 그때의 기분—나를 향한 신뢰감이라고나 할까—은 지금까지 빛바랜 적이 없다.

———

> 50살은 부모의 관념에서 가까스로 해방되는 시기. 그때부터가 진정한 나!

지금이야말로
나를 대접해야 할 때

'부질없다'는 허무한 감정을 안고 살아가는 자신의 미래. 이는 아마도 흐늘흐늘 시들어서 바싹 말라버린 인생처럼 느껴지리라.

이제부터는 누구보다 나를 우선하고, 스스로 책임을 지고, 나 자신을 위해 살아가겠다고 마음먹으면 어떨까? 미래가 한결 싱싱하고 반짝반짝 윤이 나기 시작하지 않을까?

'누군가를 위해서' 헌신하는 것은 고결한 일이다. 그렇지만 스스로 선택한 헌신이어야 한다. 누군가에게 '소중한 존재이고 싶다', '대접받고 싶다' 하고 타인의 힘에 의지하는 것이 아니라 자력으로 자신을 소중하게 여기고, **자력으로 나를 대접하자.**

터널에 있을 때는 절대로 출구가 보이지 않는 법이다. 간혹 터널을 빠져나온 뒤 그제야 자신이 어두운 터널 안에 있었다는 사실을 깨닫는 경우도 있다.

터널 안에서 괴로워했던 경험자로서 한마디 덧붙이자면, 출구가 보였기 때문에 행동을 일으킨 것이 아니다. **나 자신의 마음과 진지하게 마주하고, 깊이 생각하고, 스스로 결단해서 자발적으로 행동을 일으킨 순간, 비로소 출구가 열리기 시작했다.**

미래는 스스로 채색할 수 있다. 아니, 나밖에 채색할 수 없다는 것이 더 정확한 표현이다.

미래는 지금의 더께더께. **지금을 바꾸면 미래도 바뀐다.**

이제껏 인생의 잔파도를 수없이 겪어오지 않았는가? 비로소 50대에 참된 자기 인생이 시작된다. 지금 이 순간, 걸음을 멈추고 다시 물음표를 던져보자.

나를 답답하게 하는 물건은 무엇인가? 나를 숨 막히게 하는 일은 무엇인가? 나를 구속하는 사람은 누구인가?

나에게 불필요·부적합·불쾌한 물건을 치우고, 지금의 나를 두근두근하게 하는 물건·일·사람, 그리고 관념을 고를 줄 알게 되면 자연스레 반짝반짝 빛나는 미래가 눈앞에 펼쳐질 것이다.

———

나를 내성하자. 스스로 지금을 바꾸자.

———

자신의 마음과 마주해 생각하고, 결단을 내린 뒤 행동을 일으키자. 그러면 인생은 반드시 바뀐다.

2장

물건이 비추는 속마음

모든 것은 물건으로
드러난다

버리고 싶으면 버리면 그만이고, 버리고 싶지 않으면 안 버리면
그만이다. 지극히 단순한 일인데 우리는 무슨 영문인지 '버리지
못한다'고 입버릇처럼 말한다. 왜 버리지 못하는지 깊이 파고들
어가 보자. 이는 자신을 알기 위한 자못 중요한 작업이다.

버리고 싶은데
버리지 못한다

~~~~~~~~~

단샤리의 목표는 타인에게 맞추고 있는 축='타인축', 물건에 맞춰진 축='물건축'을 자신의 기준으로 다시 맞추는 것이다.

한마디로 **'자기축'을 되찾는 작업**이다.

물건 더미 속에 파묻혀 사는데도 이를 깨닫지 못하는 사람, 생활공간이 물건으로 꽉 찼는데도 전혀 위화감을 느끼지 못하는 사람이 어떨지 상상이 가는가?

숨이 막힐 듯한 감각, 즉 폐쇄감이 늘 그림자처럼 따라다닌다.

산더미 같은 물건이 당신을 얼마만큼 해치고 인생을 버겁게 하는지 아는가? 마라톤 선수에 비유하자면 중장비를 짊어진 선수와 같다. 무거운 짐짝 때문에 평지에서조차 제대로 속도를 내지 못하고, 오르막길에서는 숨이 넘어갈 듯이 헉헉거리고, 내리막길에서는 자칫 내리구를 것만 같아 보는 사람이 다 불안하다.

일단은 장비부터 함께 점검해보지 않겠는가?

단샤리란 주변에 있는 물건과 자신과의 관계를 진지하게 생각하는 작업이다. 현재 나에게 필요한 물건인지, 지금 내가 사용하는 데 적합한 물건인지, 지금 나에게 쾌적한 물건인지 자문함으로써 물건을 가려내는 판단력을 기르는 일이다.

그리고 물건을 취사선택하는 훈련을 통해 자기축을 되찾아 나다운 생활 방식으로 사는 나, 자기 자신이 원하는 모습의 내가 되는 여정이다.

고작 물건 가지고 유난을 떤다고 생각할지 모르나 그 물건을 손에 넣고, 주변에 모아두기로 선택한 주체는 다름 아닌 자기 자신이다. 우리는 항상 자기 안의 어떤 가치관에 근거해 사고하고, 그 결과에 따라 선택과 결단을 내린다. 물건과 자신과의 관계에 주목하면 생각지도 못한 깨달음을 얻는 경우가 적잖이 있다.

특히 '버리고 싶은데 버리지 못하는' 물건들이 여기에 해당한다. 상반된 감정이 서로 팽팽하게 맞서 싸우는 물건은 현재 자신의 감정을 오롯이 투영한다.

버리고 싶으면 버리면 그만이고, 버리고 싶지 않으면 안 버리면 그만이다. 지극히 단순한 일인데 우리는 무슨 영문인지 '버리지 못한다'고 입버릇처럼 말한다. 왜 버리지 못하는지 깊이 파고들어가 보자. 자신을 알기 위한 자못 중요한 작업이다.

———

버리고 싶지만 버리지 못하는 물건에 현재 자신의 감정이 고스란히 나타난다!

모모코 씨의
식기장

〰〰〰

단샤리 수강생 중 매우 인상 깊었던 모모코 씨의 일화가 떠오른다. 그녀는 아주 쾌활하고 매력적이다. 말재주도 좋아 함께 이야기꽃을 피우고 있노라면 분위기가 금세 살아난다. 한데 매력 덩어리 모모코 씨가 입에 달고 사는 말이 있다.

"그릇을 못 버리겠어요."

그녀는 이렇게 이야기한다.

"오만 가지 그릇을 모아둔 식기장이 당최 정리가 안 돼서 스트레스가 이만저만이 아니에요. 근데 무엇을 어떻게 버려야 할지 도무지 감이 안 잡혀요. 필요한 그릇이 뭐고 필요 없는 그릇이 뭔지도 모르겠고요. 가장 중요한 건 그 많은 그릇을 내버렸다가 혹시 무슨 사단이라도 나는 건 아닐까 불안해서 밤에 잠이 안 올 정도라니까요. 근데 이상하게도 옷은 확실히 구분해서 정리했거든요. 마음에 드는 옷만 골라서 버릴 건 버리고 입을 건 남겨두고요. 생각보다 참 쉽구나 하고 생각했는데……."

밥그릇, 국그릇, 찻종지, 대·중·소 접시, 조림용 보시기 대·소, 과일용 유리 그릇, 커피 잔과 받침 접시, 유리컵 등 온갖 그릇이 근사하게 진열된 식기장. 그런데 정작 본인 마음에 드는 그릇은 하나도 없다. 애초에 자기 취향도 잘 모른다. 그녀의 식기장은 한마디로 골칫덩어리다.

사실 식기장에 나란히 놓인 그릇들은 모두 시어머니가 좋은 마음으로 주신 것이다. 그릇이란 그릇은 하나에서 열까지 종류별로 다 갖추었다. 그릇의 대부분은 시어머니도 선물 받아서 가지고 있던 물건들이다. 결혼식 답례품과 같은 관혼상제의 산물, 백중이나 세밑에 습관적으로 주고받은 결과물이 모인 것으로 전부 다 쓸 수 있는 그릇이다. 게다가 금이 가거나 이가 나간 데 없이 상태도 양호하다. 그래서 더더욱 내버려야겠다는 생각이 들지 않아 시어머니 당신도 며느리인 모모코 씨에게 물려주신 것이다. 주체할 수 없을 정도로 많은 그릇에 대해 시어머니도 나름대로 대처하신 눈치였다. 물론 무의식적으로 행한 일이다.

모모코 씨는 졸지에 그릇 처리반이 되었다. 자고로 우리 마음속에는 충분히 사용할 수 있는 물건을 버리는 건 천부당만부당한 일이라는 관념이 뿌리 깊게 깃들어 있다. 하물며 시어머니 세대라면 더욱더 그러할 터. 시어머니는 버리는 데 따르는 양심의 가책이라는 짐을 무심결에 며느리인 모모코 씨에게 짊어지우고, 모모코 씨 역시 무심코 그 짐을 짊어지는 입장이 된 것이다.

한데 모모코 씨 역시 버리는 데 저항감이 있다. 더구나 시어머니의 호의가 담긴 물건이 아닌가? 갖다 버리는 일은 상상조차 할 수 없다. 그래서 20년 넘는 결혼생활 동안 그릇을 마냥 식기장에 쌓아두기만 했다.

그 결과 지금의 상태에 이르렀다. 무엇이 필요한 그릇인지, 무엇이 좋아하는 그릇인지, 자신도 도통 모르는 상태다. 사고는 정지하고 감성은 둔화되었다. 그녀는 일단 이 상태를 견뎌야 하기에 무의식적으로 사고를 멈추고 감성을 둔화시킨 것이다. 그래서 늘 입버릇처럼 말한다.

"버리고 싶은데 못 버리겠어요. 그리고 만약 버린다 해도 무엇을 사야 좋을지 영 모르겠고요……."

물건의 양이 많을수록 사고 수준과 감성 수준도 저하한다. '과잉'이라는 상태는 '부족'과 마찬가지로 우리를 해친다. 타인에게 반강제적으로 받은 물건들, 더구나 호의가 담긴 물건이라면 우리를 더욱 상하게 한다. 이를 처분하는 데 죄책감을 가지게 되는 성가신 상황을 자초하기 때문이다. 그래서 어쩔 수 없이 그 물건을 사용하거나 마냥 쟁여두게 되고, 어느새 포기의 지배를 받는 지경에까지 이른다.

포기하고 손 놓고 있으면, 자기 자신의 사고에도 감각에도 감성에도 물을 일이 없다. 스스로 선택하고 결단하는 일도 없다. 그에 따른 결과에도 적극적으로 책임지려 하지 않는다. 흔히 볼 수 있는 우리의 자화상이다.

어느 날, 모모코 씨는 식기장과 그 안에 잠들어 있는 그릇들과 정면으로 마주하기로 결심했다.

마침내 그녀는 시어머니의 마음과 강요가 뒤섞인 그릇을 하나둘 내다 버리기 시작했다. 천근같이 무거운 엉덩이를 일으키고, 축 처진 마음을 끌어 올려 실제로 버리는 행동을 시작했다. 그러자 그동안 그릇을 보관해둔 새하얀 선반 곳곳에 먼지가 덕지덕지 묻어 있는 게 보였다. 그녀는 급기야 그릇을 죄다 꺼내 선반을 닦기 시작했다. 눈물이 뺨을 타고 내려왔다.

"이렇게 얼룩덜룩하게 놔둬서 미안해."

그동안 청소 한 번 제대로 한 적이 없는 식기장을 행주로 훔치면서 그녀는 지금 자신이 흘리는 눈물은 자신에게 사과하는 의미의 눈물임을 깨달았다.

'시어머니가 주신 거잖아'라는 생각 때문에 타인을 기준으로 삼고 그만큼 자신을 소홀히 했다는 사실을 가슴 깊이 깨달았다.

'미안하다'는 건 이제껏 소중한 식사시간에 온통 물건과 타인의 축에 맞춘 그릇들만 내왔다는 사실을 자각하지 못한 것에 대한 사죄의 말이리라. 그렇죠, 모모코 씨?

식기장을 장식하던 그릇이 반으로 줄었다. 그녀는 남은 그릇을 획 둘러보았지만, 어느 것 하나 마음에 드는 그릇이 없다는 사실을 새삼 깨달았다.

'한낱 식기'가 비추는
마음의 무게

~~~~~~~~~~

한낱 식기라고 치부하는 것은 사물의 본질을 깊이 생각하지
않고 원인과 결과를 성급히 연결시키는 처사다. 식기라는
물건과 자신의 관계가 타인을 축으로 한 의무적인 관계였는
지 아니면 자신을 축으로 한 의도적인 관계였는지에 따라
독이 되기도 하고 약이 되기도 한다. 더군다나 그 관계가 장
장 20년 동안 매일같이 반복되었다면 그 영향은 헤아릴 수
없이 크다. 있어도 그만 없어도 그만인 물건인데, 우리는 있어도 그
만 없어도 그만인지조차 깨닫지 못하고 줄곧 자신에게 내준다. 그 결
과 그것이 독이 되어 고스란히 나 자신을 상하게 한다. 단샤리는 물
건이 아닌 **물건과 자신과의 관계를 되묻는 작업**이다. 그렇다. 물
건이 아닌 오로지 '관계'에 초점을 맞춘다.

모모코 씨는 그릇과의 관계를 새삼스레 깨달으며, 그동안
자기 자신마저 홀대했다는 사실에 눈을 뜨게 되었다. 그러
자 이제는 또 다른 물건의 존재가 마음에 거슬리기 시작했
다. 그렇다. 그녀의 이야기는 식기장에서 끝나지 않는다.

친정에서 보내준 히나인형(여자아이의 명절인 3월 3일 히나마쓰리에 아이가 건강하게 성장하기를 기원하며 장식하는 작은 인형들.—옮긴이)과 오월인형(남자아이의 탄생을 축하하며 무사히 성장해 씩씩하고 현명한 어른이 되기를 바라는 염원을 담아 5월 5일 단오명절에 장식하는 무사차림의 인형.—옮긴이), 둘 다 큼지막하고 훌륭하고 호화로운 물건이다. 친정 부모님이 손주의 탄생을 축하하는 마음에 나름 비싼 돈을 들여 보내주신 것이다. 그래서 감사하게 생각되지만, 모모코 씨는 마음 어딘가에서 커다란 명절 인형에 부모님의 허영과 사돈댁에 대한 대항심이 눅진눅진 들러붙어 있음을 어렴풋이 느꼈다.

해마다 삼짇날과 단오 때가 돌아오면 어김없이 친정어머니에게서 전화가 온다.

"인형은 장식했니?"

"아니요, 아직."

"어머, 얘는 뭐하느라 여태 장식을 안 했어. 장식을 안 하면 인형이 가엾잖니, 얼른 하렴."

그럴듯한 말로 포장한 참견이 이어지고, 그녀는 투덜거리며 마지못해 따른다.

보다시피 식기와의 관계는 시어머니와의 관계의 투영, 명절 인형과의 관계는 친정어머니와의 관계의 투영이다. 이들이 공통적으로 비추는 것은 모모코 씨가 무의식중에 스스로 억압하고 있는 자신과 그녀 자신과의 관계다.

견딜 수 없는 이 기분은 무엇일까? 신경이 곤두서는 이 느낌은 뭐지?

그동안 줄곧 그녀의 마음을 억눌러온 정체가 그제야 밝혀졌다.

아이들은 벌써 다 자라서 명절 인형은 이제 필요 없으며, 집 평수에 어울리지 않게 너무 큰 인형은 한정된 주거 공간의 쾌적함을 오히려 방해한다. 게다가 친정어머니에게 등 떠밀려 상자에서 꺼내 손수 장식하고 있자면 괜스레 불쾌감이 앞선다. 결국 히나인형과 오월인형은 단샤리에서 말하는 삼박자가 척척 맞는 그야말로 '불필요·부적합·불쾌'한 존재다.

그녀는 용기를 내서 거슬리는 물건과 마주하고, 물건 뒤에 가려진 꼭두각시를 똑똑히 확인했다. 덕분에 매년 3월부터 5월에 이르는 꽃피는 봄날이 어째서 1년 중 가장 싫었는지를 비로소 납득할 수 있었다.

무심결에 물건에 얽힌 관념을 강요하는 시어머니와 친정어머니. 그리고 무심결에 이를 줄곧 받아들이며 마음의 무게를 감당해온 모모코 씨. 그녀는 이렇게 말했다.

"이제 와서 생각해보니 왜 옷은 그렇게 간단히 버리고 처분할 수 있었는지 알았어요."

그렇다, 그녀에게는 꾸미는 것만이 유일하게 자기축이 가능한 세계였다. 본인의 취향에 맞는 패션을 마음껏 즐기고, 마음이 바뀌면 다른 옷을 산다. 이는 타인의 참견과 지시 없이 스스로 선택하고 결단할 수 있는 영역이다. 이미도 그녀에게 옷을 사는 일이란 자신의 마음의 무게를 덜고자 무의식적으로 선택한 하나의 수단이 아니었을까 싶다.

———

있어도 그만 없어도 그만인 물건인데, 있어도 그만 없어도 그만인지조차 깨닫지 못하고 마냥 쌓여두면서 자신의 사고를 정지시키고 있지는 않은가?

마음에 부하가
걸리는 곳

인간관계와 관념도 물건처럼 한편으로는 우리의 인생을 풍요롭게 해준다. 그렇지만 경우에 따라 지나치게 많아지면, 되레 족쇄가 되기도 한다. 차고 넘치는 '물건', 괴로운 '인간관계', 제한된 '관념'은 우리의 인생을 무겁게 만드는 주범이다.

우리를 짓누르는
불안의 실체

사람은 살아 있는 동안 온갖 물건을 소유하며 살아간다. 마음에 들어서 스스로 손에 넣은 물건도 있고, 원하지 않는데 손에 들어오는 물건도 있다.

음식물일 경우 입으로 들어오면 자연히 소화 흡수되어 차례차례 배설되는 구조라서 다시 말해 신진대사가 활발하게 이루어진다.

그러나 집에 들여놓은 물건들은 다르다. 물건이 제 발로 걸어 나가는 일은 없다. 옷과 가방, 식기와 조리기구, 책과 CD, 무슨 물건이든 소유자인 우리가 쓰레기봉투에 넣어서 지정된 날짜에 지정된 장소로 가지고 가지 않는 한, 집에서 없어지는 일은 없다.

만약 3년 동안 손도 안 댄 물건, 눈으로 보기 전까지는 존재조차 잊고 있었던 물건들이 우리를 위해 저절로 소멸해준다면, 개개인이 소유하는 물건의 양은 적정선에서 유지될지도 모른다. 하지만 현실에서 그런 일은 절대 일어나지 않는다. 유통기한이나 소비기한이 지난 식품조차 우리가 버리는 행동을 취하지 않으면 처음 놓았던 장소에 그대로 계속 존재한다.

유통기한이 며칠 지났지만 먹어도 괜찮은 식품이거나 망가져서 구석에 처박아두었으나 고치면 쓸 수 있을지도 모르는 물건들은 선뜻 버리기 어려워서 망설이기도 하지 않는가? 하물며 지금 사용하지 않는 물건이고, 앞으로 사용할 예정이 없더라도 멀쩡한 물건을 버리는 건 더더욱 어려운 일이다. 그렇다. 충분히 사용할 수 있는 물건을 쓰레기로 간주하는 것, 쓰레기로 인식하지 않은 물건을 버리는 데 크고 작은 저항을 느끼는 것이 인지상정이다.

자고로 우리에게는 '아깝다'는 관념이 있다.

특히 물자가 귀한 시대를 살아온 세대라면 물건을 버리기란 지극히 어려운 일이다. 어려운 시절 워낙 물건이 부족해서 쩔쩔맸던 경험이 있기에 한번 손안에 들어온 물건은 쉽사리 내보내지 못한다.

그런 까닭에 마냥 버리지 못하고 있는 상태에서 물건은 물밀듯 계속 들어온다.

사람은 새로운 것, 신기한 것에 마음을 빼앗기게 마련이다. 세상에는 신상품이라는 이름을 달고 뛰어난 기능을 자랑하는 편리한 물건이 수도 없이 나돈다.

버리지 않는데 계속 소유한다. 나가지는 않는데 끊임없이 들어온다. 이는 신진대사는 제대로 이루어지지 않는 상태에서 음식물만 계속 섭취하는 셈이다.

그런데 물건과 마찬가지로 아니, 그 이상으로 인생을 살아가는 만큼 늘어가는 것이 인간관계의 굴레, 그리고 관념이 아닐까?

인간관계와 관념도 물건처럼 한편으로는 우리의 인생을 풍요롭게 해준다. 그렇지만 경우에 따라 지나치게 많아지면, 되레 족쇄가 되기도 한다.

차고 넘치는 '물건', 괴로운 '인간관계', 제한된 '고정 관념'은 우리의 인생을 무겁게 만드는 주범이다.

이 화근 덩어리 3종 세트를 말끔히 치울 수 있다면 우리의 마음이 얼마나 가벼워질까?

———

물건이 우리를 위해 저절로 소멸하는 일은 일어나지 않는다!

혼수 장롱이
상징하는 것

〰〰〰〰〰〰

물건은 육안으로 볼 수 있지만 마음의 부하로 작용하는 '인간관계'와 '관념'은 눈에 보이지 않는다. 구체적인 형태를 가진 물건과 달리 인간관계와 관념은 그 모양이 보이지 않기 때문에 '버리지 못하기' 이전에 자신을 구속하는 족쇄처럼 영향을 끼친다. 그런데 안타깝게도 우리는 그 족쇄가 자신의 인생을 억압하고 있다는 사실조차 깨닫지 못하는 경우가 비일비재하다.

마음에 가해지는 부담이 이만저만이 아닌데도 질량이 없으므로 대수롭지 않게 여기고 간과하기 십상이다. 그렇게 되면 어떤 인간관계, 어떤 관념으로 인해 마음에 부하가 걸리는지 그 원인을 밝히는 일도 어려워진다.

그런데 마음의 짐이 되는 '인간관계'와 '관념'이라는 화근 덩어리는 그 모습을 물건으로 바꾸어 우리 앞에 나타나기도 한다는 사실을 아는가?

결혼할 때 부모님이 정성껏 마련해주신 혼수 장롱은 생활양식이 변하면서 자연스레 애물단지로 전락하는 경우가 있다. 그런데 혼수 장롱만큼 처분하기 난감한 물건이 또 어디 있을까. 흔히 혼수 장롱이라고 하면 중압감과 존재감이 느껴진다. 보기 싫다고 쉽사리 버릴 수 있는 물건도 아니고 부피가 크다 보니 갖다 버리는 것도 일이다. 무엇보다 무의식중에 부모님의 마음이 떠올라 처분할지 말지를 혼자서 결정하기가 곤란하기만 하다.

실제로 혼수 장롱을 사이에 두고 격렬히 충돌하는 모녀가 있었다.

새로 지은 집에 수납공간을 확보한 드레스룸도 있고, 어느덧 20년이 넘은 혼수 장롱은 더 이상 쓸모가 없어졌다. 게다가 장롱 때문에 오히려 드레스룸이 점점 발 디딜 틈도 없이 좁아져서 제 기능을 못하고 있었다…….

딸은 거치적거리기만 하고 이제는 무용지물이 된 혼수 장롱을 처분해야겠다 싶어 부모님께 말씀을 드렸다. 그러자 친정어머니가 노발대발하면서 불같이 화를 내시는 게 아닌가?

"내 눈에 흙이 들어가기 전까지 절대로 안 돼. 너 그거 버렸다가는 모녀지간의 연을 끊을 줄 알아!"

혼수 장롱의 처분과 모녀의 연이라. 여기에는 논리적으로 모순이 있다고 생각하는가, 없다고 생각하는가? 혼수 장롱이라는 물건 자체에만 초점을 맞춘다면, 아무래도 친정어머니의 반응이 지나치다는 생각이 들기에 선뜻 이해하기 어려울 수도 있다.

그렇지만 여기서 물건은 그냥 물건이 아니라 그 이상의 의미가 깃들어 있다. 고이고이 키운 딸내미가 어느덧 성인이 되어 가정을 이루겠다고 하니 친정어머니는 이것저것 까다롭게 골라 가장 좋은 장롱을 혼수로 해주셨다. 그런데 이제 그 장롱이 거치적거린다고 애물단지 취급을 한다. 친정어머니 입장에서는 당신 자신이 애물단지 취급을 받는 거나 마찬가지다. 또 딸은 딸대로 혼수 장롱이 눈에 거슬려 견딜 수가 없다. 어릴 때부터 어머니의 간섭을 지겹게 받으며 살아온 터라 딸의 입장에서 보자면, 혼수 장롱은 유년기 때부터 반복된 어머니의 성가신 간섭의 증거품이나 다름없다.

어찌 보면 두 모녀는 참 많이 닮은 것 같다. 혼수 장롱의 처분을 두고 친정어머니는 "인연을 끊는다"고 지나칠 정도로 과격한 반응을 보이고, 이에 질세라 딸은 분을 참지 못하고 "싫어, 갖다 버릴 거야"라면서 씩씩거린다. 어느새 친정어머니도 많이 늙으셨고, 딸도 그만큼 나이가 들었다. 과거의 지배관계가 묘하게 역전되는 시기가 오는 모양이다.

물건을 통한 대리전쟁, 그야말로 불모의 전쟁이다.

평소 불만이 있어도 내색하지 않고 꾹꾹 참고 있다가 물건이라는 것이 개입되면서 그동안 참았던 것이 급기야 한꺼번에 폭발하는 광경은 낯설지 않다. 누가 보더라도 아무런 득도 없고 발전도 없는 일에 열을 올린다.

우리는 왜 이렇게 인생을 들들 볶으며 피곤하게 살고 있을까?

마음의 부하가 되는 '인간관계'와 '관념'이라는 화근 덩어리는 그 모습을 물건으로 바꾸어 우리 앞에 나타난다.

버리는 행위
허락하기

아이고 무거워라, 아이고 무거워라, 입으로는 만날 투정부리면서도 정작 낑낑거리며 짐짝을 짊어지고 있는 건 자기 자신이 아닌가? 짊어지는 것도 내 자유, 내려놓는 것도 내 자유다. '나중에 필요하게 되면 어쩌지?' 하며 지레 겁먹고 마음 졸이지 말자. 필요해지면 그때 다시 메면 된다.

물밀듯 들어오는
물건, 물건, 물건

부족일까, 아니면 과잉일까? 우리를 둘러싼 여러 가지 문제의 원인은 두 가지 중 하나다.

아울러 원인이 단순한 만큼 간과하기 쉬운 것도 사실이다. 접촉 빈도, 접촉 시간, 접촉량……. 물건이든 사람이든 부족하다 싶으면 뭔가 아쉽고 헛헛한 마음이 든다. 반대로 과하다 싶으면 귀찮고 성가시게 느껴진다.

주거 공간을 장악한 물건들, 정리가 안 되어 골머리를 앓게 하는 물건들, 넘치면 우리를 압박하는 애물단지로 전락하지만 막상 부족하면 갖고 싶은 희망 목록이 될 가능성도 얼마든지 있다.

자, 그렇다면 지금 우리의 삶은 어떤 의미로는 괴롭다고 할 수 있지 않을까? 물건이 차고 넘치는 탓에 우리의 생활도 그만큼 좀먹는 것이 아닐까? 그렇다, 부족이 아니라 과잉이다. 음식을 과잉섭취하면 신진대사에 이상이 온다. 정보가 넘치면 도리어 우왕좌왕하고, 과도한 인간관계로 인해 스트레스가 쌓인다.

당연히 물건도 예외는 아니다.

우리는 물밀듯 들어오는 물건들을 처리하는 데 상당히 많은 시간과 공간과 에너지를 할애하는 것도 모자라 허비하고 있다. 그런 줄도 모르고 만날 '바쁘다', '피곤하다'는 말을 입에 달고 산다. 그러다 보면 물건 처리에 두 손 두 발을 다 들고, 물건이 쌓여도 알게 모르게 방관하다가 결국 스스로 인생을 포기의 궁지로 몰아넣는다.

물건을 처리할 생각이라면, 보관에 특화된 정리법인 수납이 아니라 물건을 선별해서 줄이는 해결법인 '뺄셈'으로 눈을 돌려보는 건 어떨까? 애초에 문제의 근본은 '과잉'이므로 뺄셈이 효과적이라고 말하고 싶다.

물론 '뺄셈' 중에는 '버리는' 행위도 포함된다. 아울러 '버리는' 행위가 얼마나 어려운 일인지도 직면하게 된다.

그러나 우리는 이미 버리지 못하는 물건에 대해 '물건은 물건이나 그 이상의 존재'라는 점을 무의식중에 어렴풋이 의식하고 있다. 그래서 고작 물건을 버리는 단순한 일인데도 저항감이 생기는 것이다. 이는 누구나 겪는 과정이다.

자신의 물건과 마주하는 작업, 물건과 정면으로 마주하고 자문하는 작업, 자문하는 가운데 자신을 알아가는 작업, 그리고 버리는 선택과 결단이라는 행동을 일으키는 작업이 단샤리다.

　때로는 단샤리로 인해 혼란에 빠지기도 하지만, 그 뒤에
찾아오는 깨달음은 인생에 변화의 바람을 몰고 온다.

　　　　──

　　　　문제의 근본은 '과잉'이므로 보관이 아닌 뺄
　　　　셈이 해결법이다.

　　　　──

　　　　물건과 마주하고, 자신을 알아간다. 그리고
　　　　버리는 선택과 결단의 행동을 일으키는 것이
　　　　단샤리다.

수납만
잘하면 될까?

단샤리가 문제 삼는 것은 우리의 골머리를 앓게 하는 원인,
즉 당최 '정리되지 않는' 물건이다. 제대로 '정리하지 못하
는' 능력의 문제가 아니다. 골칫거리의 원인이 되는 물건 자
체를 줄임으로써 공간을 되찾고, 정리하는 데 쓰는 시간과
에너지를 줄이자는 발상이다.

한편 수납 스킬이나 수납용품은 기본적으로 물건을 줄인다는 발상과는 상관이 없다. 수납 스킬은 소유하고 있는 물건을 그대로 계속 가지고 있기 위한 스킬이며, 수납용품 역시 소유하고 있는 물건을 가지런히 담기 위한 용기에 지나지 않는다.

뛰어난 수납 스킬을 구사하거나 똑똑한 수납용품을 사용하면, 얼핏 보기에는 말끔하게 정리가 된 듯 보인다. 그러나 물건을 두는 장소만 바꿨을 뿐, 자신과 물건과의 관계에 대해 고찰할 기회는 가질 수 없다.

즉 자신과 물건과의 관계는 아무 변화 없이 그대로인 셈이다. 당연히 물건을 통해 자기 탐구도 할 수 없으므로 깨달음이나 발견도 기대할 수 없다.

주위를 둘러보면 '정리'라는 말을 자주 사용하는데, 아직까지는 정확한 정의 없이 '깨끗하게 정돈하는 것, 효율적으로 수납하는 것' 혹은 (막연하게) '청소하는 것'과 같은 뜻으로 사용하는 경우가 많은 듯하다.

단샤리에서는 '정리=물건을 꼼꼼하게 선별해 줄이는 것'이라고 명확하게 정의하고 있다. 정리·수납은 그다음 단계의 작업이다. 철저하게 물건을 줄이는 과정이 있어야 정리·수납이 아름답게 제 기능을 한다. 그렇지 않으면 오히려 혼란만 가중시킨다. 아무리 획기적인 수납 스킬을 구사하고 그럴싸한 수납용기에 물건을 차곡차곡 채워 넣는다 해도 불필요·부적합·불쾌한 물건이 집 안에 그대로 있다면 쾌적한 집과는 여전히 거리가 멀다.

"집집마다 하나씩 다 있는데, 가장 쓸모없다고 생각하는 물건이 뭐라고 생각하세요?"

이런 질문을 받으면, 나는 기다렸다는 듯이 대답한다.

"가장 쓸모없는 건 바로 수납장입니다."

실제로 단샤리를 실천한 사람들 가운데 물건과 마주하고, 물건을 가려내는 과정에서 더 이상 수납가구의 필요성을 느끼지 못해 아예 수납가구마저 버리는 사람도 적지 않다.

주부 요코 씨는 심지어 창고까지 단샤리해 일약 단샤리계에서 전설이 된 인물이다.

네 아이를 둔 요코 씨는 좋은 아내이자 좋은 엄마로 누가 봐도 나무랄 데 없는 살림꾼이다.

한집에 여섯 식구가 같이 살면 아무래도 집 안은 식구들의 소지품으로 뒤죽박죽 어수선할 법도 한데, 그녀의 집은 사뭇 정갈롭다. 한때 수납 스킬에 푹 빠져 단독주택용 창고까지 구입한 그녀는 평소 가족들의 물건을 모조리 창고에 넣어 가지런히 정리해놓고, 계절이 바뀌면 다시 꺼내서 사용한다.

동네에서 나름 '수납 고수', '정리 정돈의 달인'으로 통했으나 아이들이 하나둘씩 둥지를 떠나가고 그동안 충실했던 좋은 엄마로서의 역할이 없어질 무렵, 웬지 마음속에 응어리가 맺힌 듯 답답했다.

아무리 집 안을 깨끗하게 정리 정돈해도 답답함은 통 가시지 않는다……. 그때 요코 씨는 운명처럼 단샤리를 만나게 되었다.

그녀는 물건과 자신과의 관계를 차분하게 다른 시각으로 응시했다. 이윽고 빼곡하게 쌓아두기만 하고 몇 년 동안 손도 안 댄 물건을 깡그리 내버리기 시작했다. 네 아이가 저마다 초등학교, 중학교, 고등학교에 다닐 때 그린 그림을 비롯해 만들기 작품, 글짓기, 성적표 묶음, 독립한 아이들이 놓고 간 책이며 게임CD 등 이미 아이들의 관심에서도 멀어진 물건을 미련 없이 내다 버렸다.

그리고 이젠 쓸 일이 없겠다 싶은 물건들까지 어느 정도 처분했더니 산더미 같은 물건을 넣어두었던 장소, 즉 창고가 휑하니 텅 비었다.

수납할 물건도 없는데 창고를 어디다 쓸꼬?

이윽고 그녀는 휑뎅그렁한 창고도 과감히 내다 버렸다.

창고가 떡하니 차지하고 있던 그녀의 집 마당은 본래의 넓이를 되찾았으니 시야가 탁 트여 경관도 좋아졌다.

아울러 창고에 보관해두었던 물건을 유지 관리할 필요가 없어졌으므로 그녀는 그동안 유지 관리에 들였던 시간을 마음 놓고 자신을 위해 사용할 수 있게 되었다.

창고 한 채를 차지하던 물건을 모조리 갖다 버렸다는 이야기에도 혀를 내두를 정도인데 아예 창고를 통째로 처분하다니! 다소 과격하게 들릴지 모르겠지만 결코 자포자기해서 될 대로 되라는 식으로 버린 게 아니다. 어지간히 정리와 수납이 잘 된 집인데도 무심결에 처박아둔 불필요·부적합·불쾌한 물건이 이렇게나 범람하고 있었다는 사실이 그저 놀라울 따름이다.

요코 씨는 명확한 의도를 가지고 물건을 확실히 처분했다. 그 덕에 몸과 마음도 홀가분해져서 지금은 어쩜 그렇게 얼굴이 환하냐고 보는 사람마다 칭찬한다고 한다.

단샤리는 '정리하지 못하는' 능력을 문제 삼
지 않는다.

원인이 되는 물건 자체를 줄여 공간과 유지
관리에 사용하던 시간과 에너지를 되찾자.

버리는 행위를
허락하지 않는 것일 뿐

단샤리란 물건과 자신과의 관계에서 '자기축'이 제대로 기
능하고 있는지 여부를 되묻는 작업이다. 자기축은 '이 물건
은 아직 충분히 사용할 수 있다'는 식의 물건이 주어가 된
상태가 아닌 **'내가 이 물건을 사용한다'**는 자신의 명확한 의도
가 깃든 상태를 말한다. 자기축으로 생각함으로써 '이것은
○○ 씨에게 받은 거니까……'라는 식의 타인축으로 되어
있는 관계를 비로소 졸업할 수 있다.

물건의 이면에는 반드시라고 해도 좋을 만큼 자신과 타

인과의 관계, 그리고 자신과 자신과의 관계가 숨어 있다. 물건과 자신과의 관계의 배경을 가만히 들여다보면, 스스로 의식하고 있든 의식하지 못하든 내가 나 자신에게 어떠한 위치를 부여하고 있는지가 보이기 시작한다.

주위를 둘러보면 '버리지 못한다'는 말이 자주 귀에 들리는데, 사실 따지고 보면 **버리지 못하는 것이 아니라 다만 '버리는 행위'를 허락하지 않는 것일 따름**이다. 스스로 원해서 소유하고 있는 물건이든 무심코 손에 넣은 물건이든 다른 사람에게 받은 물건이든 결국 그 물건의 소유자는 다름 아닌 나 자신이 아닌가.

타인이 메고 있는 짐 꾸러미를 내려놓게 하는 일은 어렵지만, 내가 메고 있는 짐 꾸러미는 내려놓고자 하는 의지만 있으면 내려놓는 행위에 대해 스스로 허락을 내리기만 하면 그만이다.

아이고 무거워라, 아이고 무거워라, 입으로는 만날 투정 부리면서도 정작 낑낑거리며 짐짝을 짊어지고 있는 건 자기 자신이 아닌가?

인생은 잠시 놀러 온 소풍이다. 당신만의 소풍을 만끽하고 싶은가? 그렇다면 우선 지금 '내가 짊어지고 있는 짐짝을 내려놓을 수 있다'는 사실을 깨닫는 일부터 시작하자.

'혹시 나중에 필요하게 되면 어쩌지?' 아직 일어나지도 않은 미래를 상상하며 지레 겁먹고 마음 졸일 필요는 없다. 필요해지면 그때 다시 메면 된다.

차지하는 것도 내 자유, 버리는 것도 내 자유다.

짊어지는 것도 내 자유, 내려놓는 것도 내 자유다.

우리는 선택할 수 있는 자유를 가지고 있다.

지금까지 나를 속박한 것은 그 누구도 아닌 바로 나 자신이다.

나를 얽어맨 끈을 풀어줄 수 있는 사람도, 나를 자유롭게 놓아줄 수 있는 사람도 나 자신밖에 없다. 단샤리란 스스로 나를 진단하는 청진기·치료하는 명약·치유하는 묘약이다. 이 도구는 자신의 손으로 직접 사용할 수 있으므로 무언가에 의존할 필요도 없고, 딱히 비용을 들일 필요도 없다. 왠지 가슴이 두근두근 설레지 않는가?

———

> '내가 이 물건을 사용한다'는 명확한 '자기축'을 되찾자. 그래야 스스로 얽어맨 끈을 풀고 자유로워질 수 있다.

3장

왜 '좋은 사람'일수록 쟁이고 살까?

선택할수있는
자유

스스로 결정하고 그 결과도 스스로 책임지는 일. 먼저 물건을
통해 시작해보자. 훈련을 거듭하다 보면 물건뿐만 아니라 일에
대해서도 스스로 의사결정을 하는 기본이 몸에 밴다. 그리고 이
를 실천하는 과정에서 "아, 나는 진정 내 인생을 살고 있구나"
하는 확실한 자각이 싹트게 된다.

시간이 흐르면
관계도 변한다

변화는 우주의 대법칙이다.

어제와 오늘만 보더라도 해가 뜨는 시각이 다르고, 기온도 차이가 있다. 계절이 바뀌는 가운데 우리도 날마다 세포 분열을 거듭하며 변해가고 있다. 어제와 오늘, 언뜻 보면 마냥 그대로인 듯 보이지만 늘 옛것과 새것이 교체되고, 우리의 몸과 마음도 '나'라는 존재를 유지하면서 끊임없이 미묘한 변화와 진화를 이어간다. 자연의 섭리란 참으로 오묘하다.

마찬가지로 사람과 사람과의 관계, 물건과 사람과의 관계도 변화하기 마련이다.

아이가 처음 말을 배우기 시작할 때는 더듬더듬하지만 어느새 자라면 말도 또박또박 곧잘 한다. 갓 출시된 신상품 티셔츠도 입고 세탁하고를 반복하는 사이에 낡고 후줄근해진다. 이것이 만물의 이치다.

그런데 우리는 시간의 경과로 관계가 바뀌는 사실에 대해서는 잘 인지하지 못한다. 아니, 변한다는 사실을 망각하거나 어쩌면 변한다는 사실을 인정하지 않을 정도로 자각하지 못하며 살고 있지는 않은가?

옷장에서 잠자고 있는 몇 년 전에 산 원피스를 예로 들어
보자.

색상도 디자인도 내 취향에 딱 맞는다. 사이즈도 흡사 맞
춤옷같이 편하게 잘 맞는다. 헤어스타일의 분위기와도 잘
어울린다. 마음에 쏙 들어서 "바로 이거야!" 하고 구입했다.
당시에는 이 원피스를 입고 외출할 때가 가장 즐거웠다.

그런데 서너 해 전부터 이 원피스가 옷장에서 나오는 일
이 드물어졌다. 작년에는 한 번도 입지 않고 계절이 지나갔
다. 올해도 계절이 돌아와서 오랜만에 한번 입어볼까 하고
이 원피스를 집어 들었으나…….

원피스뿐만 아니라 셔츠, 바지, 재킷 등 직접 구입한 옷을
두고 누구나 한두 번은 이런 경험을 해봤을 것이다.

옷은 찢어지거나 줄어들거나 색이 바래지 않는 한 입을
수 있다. 인간관계와 달리 양쪽이 서로 소원해지는 일은 없
다. 그다지 '입고 싶은' 마음이 들지 않는 옷이라도 충분히
입을 수 있는 상태라면, 우리는 왠지 그 옷을 처분하는 데
거리낌이 느껴진다.

하물며 마음에 쏙 들었던 옷이라면 고민이 깊어지는 것
이 당연하다. 게다가 모처럼 큰맘 먹고 산 비싼 옷이다.

'아, 이 옷 정말 좋아했는데……', '거금을 들여서 산 옷인데……' 이런 생각이 머릿속에서 자꾸만 맴돌아 막상 버리자니 망설여진다.

한데 그렇게 '마음에 쏙 들고' '값비싼' 옷을 어째서 입지 않게 된 것일까?

이젠 어울리지 않는다, 선뜻 손이 안 간다, 사이즈가 안 맞나……. 내부분 이런 이유가 떠오를 것이다. 우리는 여기서 '과거의 자신과 그 옷의 관계'와 '현재의 자신과 그 옷의 관계'가 사뭇 다르다는 사실을 알 수 있다.

옷 자체, 즉 물건에 초점을 맞추고, 물건에 기준을 두고 생각하면 '마음에 쏙 들었다', '값비싸다', '아직 입을 수 있다'는 이유로 버리는 게 아깝다는 생각이 앞선다.

그러나 **시곗바늘을 거꾸로 되돌릴 수 있는 사람이 있을까?** 과거의 관계가 아닌 현재의 관계가 어떠한지, 지금의 자신에게 어떤 의미가 있는 물건이지에 초점을 맞춰야 한다.

우리가 살아 있는 시간은 지나간 과거가 아니라 지금 이 시간이다.

사람들은 현상유지를 좋아하지만 현상은 시시각각 변하기 마련이다.

지난날의 나는 이 물건에 흠뻑 매료되어 선택했지만 오늘날의 나는 아무런 매력을 느끼지 못할 수도 있다는 사실을 받아들이면 마음이 편안해진다.

물건에 초점을 맞추는 것이 아니라 지금의 나에게 어떤 물건인지에 기준을 두자. 다시 말해 **시간축을 지금으로 맞추고, 물건축이 아닌 자기축으로 생각한다.** 아울러 **상품가치보다 활용가치가** 훨씬 더 중요하다.

평소 주변에 존재하지만 별 관심이 없던 물건도 단샤리의 시점으로 다시 응시해보자. 똑같은 물건이라도 이전과는 바라보는 시각이 달라졌음을 새삼 깨닫게 될 것이다.

우리의 인생도 마찬가지가 아닐까?

———

상품가치보다 활용가치로 바라보자.

———

시간축을 '지금'에 맞춰 바라보자.

———

'물건축'이 아닌 '자기축으로 바라보자.

아직 더 입을 수 있을까
캠페인?!

~~~~~~~~

어느 세미나에서 수강생들에게 질문을 했다.

"아마 앞으로 입을 일은 없을 것 같고, 그렇다고 버리지는 못하는 옷이 눈앞에 있을 때, 여러분은 보통 어떤 방법으로 해결하세요?"

"저는 버리자는 마음이 들 때까지 그냥 놔둡니다."

가장 먼저 나온 대답이다. 이것도 분명 하나의 해결방법이다.

이어서 "다른 사람에게 줘요", "재활용 가게에 가지고 가요"라고 대답한 사람도 여럿 있었다. 다른 사람에게 주거나 재활용 가게에 가지고 가는 것도 좋은 방법이다. 두 가지 방법 모두 일단 옷이 내 수중에서 사라지므로 어느 날 갑자기 그 옷이 눈에 들어와 "이제 안 입을 것 같은데…… 이 옷을 어쩐다……?" 하면서 머리 아프게 고민하는 일은 없어질 터. 게다가 버리는 게 아니라 마음도 한결 편하다.

그러던 중 한 여성이 꽤 독특한 대답을 했다.

"저는 '아직 더 입을 수 있을까 캠페인'을 실시합니다."

더 이상 입지 않는 옷을 처분할지 말지 망설여질 때, 직접 입고 거리에 나선다는 것이다. 이름하여 '아직 더 입을 수 있을까 캠페인'인데 방법은 다음과 같다.

그 옷을 몸에 걸치고 거리에 나갔을 때, '나, 오늘 멋 좀 부려봤는데 어때?' 하는 마음으로 가슴을 활짝 펴고 당당하게 걸을 수 있고, 쇼윈도에 비친 자신의 모습이 '오, 제법 괜찮은데?' 하는 생각이 들면, 그 옷은 버리지 않는다.

반대로 그 옷을 입고 걸어가는데 조금이라도 창피하다는 마음이 든다거나 '사람들이 나를 좀 안 쳐다봤으면 좋겠다'는 생각에 종종걸음을 치게 된다면, 그 옷은 버린다.

요컨대 그 옷에 대한 자신의 기분이 어떠한지를 명확히 확인하고자 실제로 그 옷을 입고 거리로 나서는 것이다.

나름 창의력이 돋보이지 않는가? 한번 실천해보고 싶은 방법이다!

그런데 한편으로는 자기 물건을 버리는 데 구태여 저런 의식을 행해야 하나 하는 놀라움도 있다. 어째서 우리는 자신의 물건을 버리는 데 거창한 의식이 필요한 것일까?

다른 사람의 물건도 아니고 자기 자신의 물건이다. 버리기·버리지 않기, 각각의 자유도 당연히 자기 자신이 가지고 있다. 그런데 왜 그 자유를 행사하는 데 결단을 재촉하는 수고스러운 노력까지 필요한 걸까?

———

우리에게는 버리기·버리지 않기를 선택할 수 있는 자유가 있다!

스스로 결정하면
인생이 편해진다

"○○을 버리는 게 나을까요?"

세미나 수강생과 메일 매거진 독자들의 단골 질문이다.

여기서 '○○'이라는 건 질문자의 소유물이지 나의 소유물이 아니다. 물론 질문의 대상인 '○○'이라는 물건은 내가 한 번도 본 적도 없고, 만져본 적도 없는 물건이다.

본인의 물건인데 어째서 생판 남인 나에게 "버리는 게 나을까요?"라고 묻는 걸까? 자기 물건을 어떻게 처리할지, 그 판단을 왜 남에게 맡기는 것일까? 알다가도 모를 일이다. 누가 뭐라 해도 우리는 버리는 자유, 버리지 않을 자유라는 고

마운 '권리'를 120퍼센트 가지고 있지 않은가.

간혹 스스로 판단하고 결단한 뒤 '과연 이게 잘한 일인지' 확인차 다른 사람에게 물어보고 싶어질 때가 있기는 하다. 나 역시 그런 경험이 있다. 그런데 애초에 스스로 판단하지 못하는 경우라면, 당연히 그 전제도 다르다.

선택의 자유를 120퍼센트를 가지고 있는데도 자신이 아닌 다른 사람에게 판단을 맡기려 하는 사람은 먼저 그 자유를 사용하지 못하는 자신의 모습부터 깨달아야 한다.

다른 사람에게 "버리는 게 좋습니다"라는 대답을 들으면 안심하고 버릴 수 있다는 것은 바꿔 말하면, 누군가에게 확실한 보증을 받지 않으면 스스로 결단을 내리지 못한다는 것과 마찬가지다.

참고로 "버리는 게 나을까요?"라는 질문을 받았을 때, 나는 "당신은 어떻게 하고 싶으세요?"라고 되묻는다.

그도 그럴 것이 이런 질문을 하는 것 자체가 그 물건에 대해 무언가 생각하는 바가 있다는 방증이다. 고로 본인이 무슨 생각을 하고 질문했는지, 무엇을 느끼고 있는지를 좀 더 제대로 바라볼 수 있도록 이끌어주는 것이 내가 해줄 수 있는 최선의 조언이다.

그렇긴 해도 누군가에게 보증을 받으면 어떤 의미로는 참 편하겠다는 생각이 든다. 스스로 고민하고 심사숙고할 필요가 없으니 얘기를 들은 대로 그저 따르기만 하면 된다.

그런데 간혹 기대가 빗나가 타인이 결정한 일로 인해 본인에게 만족스럽지 않은 결과가 나오는 때가 있다. 이런 경우, 때로는 판단을 맡긴 사람에게 불만을 터뜨리기도 한다. "내 탓이 아니야"라고 책임을 회피하거나 직접 표현하지는 않더라도 마음속으로 은근히 그 사람을 원망하기도 한다. 이런 경우에는 단순히 물건을 '버린다/버리지 않는다'의 문제에 그치지 않는다.

스스로 결정하고 그 결과도 스스로 책임지는 일. 먼저 물건을 통해 시작해보자. 훈련을 거듭하다 보면 물건뿐만 아니라 일에 대해서도 스스로 의사결정을 하는 기본이 몸에 밴다.

"버리는 게 나을까요?"라고 타인에게 묻는 사람이 있는 한편, 알고 보니 '버리지 못하는' 원인이 계속되는 타인의 "갖다 버려"라는 잔소리에 있었음을 깨달은 사람도 있다.

"여보, 그것 좀 내다 버리지."

그녀의 남편은 아내의 물건만 보면 버리라고 성화였다. 따지고 보면 남편의 말대로 자신에게는 하등 필요 없는 물건이다. 그런데 무슨 이유인지 자꾸 '버리려고 해도 버리지 못해' 무척 고민이었다.

세미나에서 그녀와 이런저런 이야기를 나누고 있는 사이, 어린 시절 자기가 아끼던 물건을 언니가 허락도 없이 멋대로 버렸던 기억을 떠올렸다. 하도 옛날 일이라서 오랫동안 잊고 있었는데, 사실은 그 일에 대한 분노가 자신의 마음 깊은 곳에서 응어리졌던 것이다.

마음속의 응어리를 깨달음으로써 그녀는 그동안 버리지 못한 게 아니라 "버려"라는 타인의 말에 저항하고 있었다는 자기분석의 단계에 이르렀다.

"나 스스로도 미처 자각하지 못하고 있었는데요. 언니에 대한 원망이 응어리로 남아 있어서 딱히 없어도 되는 물건인데도 남편이 버리라고 말하면 괜스레 오기가 생겨서 버리지 않았던 것 같아요. 나는 누가 나에게 명령하는 게 무의식적으로도 그렇게 싫었나 봐요."

결과를 이야기하는 그녀의 표정은 십 년 묵은 체증이 내려간 듯 후련해 보였다. 깊이 잠들어 있던 분노의 존재를 스스로 깨달음으로써 비로소 해묵은 심리적 속박에서 벗어나 자유로워진 것이다.

그 후 그녀에게 메일이 왔는데, 명령받는 것이 불쾌하다고 깨달은 뒤에는 물건을 두고 괜한 오기를 부리는 일도 없어졌고, 자신의 의지로 '버릴지/버리지 않을지'를 현명하게 결정할 수 있게 되었다며 고마움을 전했다.

어쩌면 기나긴 시간 동안 마음 한구석에 꼭꼭 숨어 있던 '명령에 따라야 한다'는 케케묵은 관념을 비로소 내려놓을 수 있었던 게 아닐까?

자기 자신의 머리와 마음으로 선택하고 결단하는 일은 우리의 정신이 건강하고 온전해지는 데 촉진제 역할을 톡톡히 한다.

처음에는 다소 용기가 필요하다. 그리고 결과를 받아들이는 데도 어느 정도 각오가 필요하다. 그렇지만 실천하는 과정에서 "아, 나는 진정 내 인생을 살고 있구나" 하는 확실한 자각이 싹튼다. 그 싹이 자라면서 삶은 한결 편해지고 마음은 날아갈 듯 가벼워질 것이다.

———

자신의 결단으로 물건을 버릴 수 있게 되면, '내 인생을 살고 있다'는 실감을 느끼면서 인생이 한결 편안해진다.

불필요 · 부적합 · 불쾌
구별하기

～～～～～

이처럼 단샤리는 단순히 물건의 취사선택뿐만 아니라 무언가를 결정할 때, 스스로 생각하고 판단해 결론을 낼 수 있도록 이끌어준다.

스스로 결정하지 못해 남에게 판단이나 결단을 맡기는 경우, 얼핏 문제가 해결된 듯 보여도 결국 사람은 자신이 결정한 일이 아니면 진정으로 납득하지 못한다.

실패를 통해 크게 한 수 배운 나의 뼈아픈 실패담을 공개할까 한다.

부푼 꿈을 안고 단샤리 세미나를 처음 시작했을 무렵, 어떤 사람이 집 정리를 도와달라고 부탁한 적이 있다. 그 집에 갔더니 백화점을 방불케 할 정도로 물건이 차고 넘쳤다. 여러 해 동안 물건을 사면서 스트레스를 해소한 결과다. 집 안에 물건이 주체할 수 없을 만큼 쌓인 데는 갖고 싶은 물건을 마음껏 살 수 있는 유복한 환경도 한몫 거든 듯했다.

물건이 하도 많아서 주인의 감각과 사고도 둔해졌구나 싶어 나는 흔쾌히 집 정리를 도와주기로 했다. 간곡히 부탁하는데 냉담하게 거절하면 '용기 내서 부탁했는데 미안하지 않을까' 하는 마음이 들기도 해서 겸사겸사 승낙했다.

처분하기 바라는 물건은 하나같이 고가의 물건이었다. 그러나 물건의 가격은 상관없다. '불필요·부적합·불쾌'를 핵심으로 물건 하나하나 본인에게 확인하면서 정리 작업을 진행했다.

며칠이나 걸렸을까. 얼추 다 정리되었을 무렵, 그 사람은 "정말 고맙습니다. 앉을 자리도 생기고 집이 넓어진 것 같아요" 하면서 앓던 이가 빠진 것처럼 좋아했다. 집 안 곳곳이 물건으로 꽉 차서 식구들이 다리를 뻗을 데도 없을 정도였으니 그럴 만도 하다.

대대적인 작업을 끝내고 가슴을 쓸어내리고 있는데, 며칠후 그 사람에게서 연락이 왔다. 그런데 웬걸, "내가 산 값비싼 물건을 마치 자기 것인 양 함부로 내다 버렸더군요"라고 나를 비난하는 게 아닌가?

곰곰이 생각해보니 꽤 비싸 보이는 물건을 두고 "이건 지금 사용 안 하시죠? 그렇다면 필요로 하는 다른 사람에게 드리는 건 어떠세요?"라고 내가 물었던 일이 발단이었다. 그 사람은 당시엔 몰랐으나 시간이 지나자 속에서 화가 슬슬 치밀었던 모양이다.

확실히 그건 현재 사용하지 않는 물건이고, 앞으로도 필요 없는 물건이 분명했다. 그 사람에게는 이제 필요 없지만 다른 누군가에게는 필요해 보이는 것도 사실이었다.

그런데 그 사람은 자신에게 더 이상 필요가 없는 물건이 있다는 사실을 자각한 것을 계기로 비로소 '잃어버린 무언가'를 감지한 것이다. 바로 이것이 분노의 도화선이 되었다.

'잃어버린 무언가'란 무엇일까? 그 물건을 샀을 때 손에 넣었다는 행복감일까? 아니면 그 당시 자신과 가족의 생활의 투영일까? 그 '무언가'는 본인밖에 모른다. 그 사람은 어쩌면 이미 그것을 잃었음에도 잃었다는 사실조차 자각하지 못한 상태였다.

공교롭게도 타인인 내가 그 물건을 처분함으로써 그 사람에게 무언가를 잃었다는 사실을 일깨워준 셈이다. 그래서 그는 그 상실감에서 오는 서글픔을 내가 초래했다고 착각한 것이다.

입으로는 '버리고 싶다'고 말하면서 본심은 '버리고 싶지 않은' 사람이 있다는 것을 나는 그때 깨달았다.

아울러 남의 물건에 대해 판단할 때, 타인이 관여하는 것은 매우 위험하다는 사실도 배웠다. 거들어주고 도와주는 데도 적절한 '거리감'이 필요하다는 점을 뼈저리게 느꼈다.

누구에게는 아무런 가치도 찾아볼 수 없는 물건이지만 다른 누구에게는 둘도 없이 소중한 물건일지도 모른다. 물건 하나에도 이를 바라보는 방식, 느끼는 방식은 저마다 다르다.

그렇기 때문에 더욱 타인이 아닌 자기 자신에게 물음표를 던져야 한다.

이 물건은 니에게 '불필요·부적합·불쾌'힌가?

물론 선뜻 결정하기 어려운 물건도 있다. 그런 경우 애매한 범주도 자신의 판단으로서 존중하고 받아들이면 된다.

물건이든 인간관계든 관념이든 무심코 마냥 방치해두면 독이 된다. 그렇다고 타인에게 판단을 맡겨서도 안 된다. 반드시 자신에게 어떠한지를 생각하고, 사고하고, 느껴야 한다는 것을 명심하자.

'불필요·부적합·불쾌'의 체로 걸러 취사선택하는 작업을 거듭하다 보면, 결국 '필요·적합·상쾌'한 물건만 남게 된다.

있어도 그만 없어도 그만인 물건 속에서 허우적거리는 인생과 내가 엄선한 마음에 쏙 드는 물건에 둘러싸인 인생, 당신이라면 어느 쪽을 선택하겠는가?

우리는 선택의 자유를 손에 쥐고 있다. 고르고 싶은 쪽을 고르도록 허락을 내리는 사람도 우리 자신이다.

———

자신이 결정한 일이 아니면 진정으로 납득하기 어렵다.

———

그러므로 '불필요·부적합·불쾌'의 체로 걸러, 스스로 취사선택해야 한다.

'좋은 사람'을
내려놓는다

남에게 받은 물건이라 차마 버리지 못하는 것은 얼핏 보면 상대를 배려하는 것처럼 느껴진다. 하지만 그 마음을 확대해보면 상대의 비위를 맞추는 나의 모습, 좋은 사람으로 보이고 싶은 나의 모습이 떠오른다. 이는 마음의 기준이 타인축이기 때문이다.

다른 사람 기분을
맞추는 버릇
~~~~~~~~~~~~

'기분을 살피다', '비위를 맞추다', '기분을 상하게 하다'…….
이런 말이 나타내듯이 우리는 타인의 기분이나 감정 상태에
민감하게 반응하고 노심초사한다.

　기분이 좋지 않은 사람을 보면 나와 아무 관계없는 사람
이더라도 공연히 자신까지 기분이 답답해진 경험은 누구에
게나 있을 것이다. 하물며 가까운 사람이 저기압이면 안절
부절 못하는 게 인지상정이다.

　특히 남편이나 아내, 자녀, 부모님처럼 아주 가까운 존재
의 기분이 저기압이면 우리는 상대의 기분을 맞추느라 애쓰
는 경우가 많다. 설령 기분이 상한 이유가 자신과는 전혀 관
계가 없는 일이더라도 마치 살얼음판을 걷듯 각별히 언행을
조심하지 않는가.

　어째서 우리는 이렇게까지 남의 기분을 맞춰주고자 노력
하는 것일까?

　'비위를 맞추는' 버릇은 어린 시절, 무의식중에 몸에 밴
경우가 많다.

자녀에게 부모는 절대적인 존재이므로 부모가 저기압일 경우 어린 자녀에게 미치는 영향은 적잖이 크다.

집에 있는 것이 가시방석 같고, 위기감, 공포감을 느끼면서 불안한 상황이 길어지거나 더욱 악화되지 않도록 본능적으로 부모의 심기를 살피고 비위를 맞추려 애를 쓴다. 바꿔 말하면 자녀가 부모의 기분을 살피는 것은 무의식중에 몸에 밴 나름의 '처세술'이다.

어린 시절에 자연스레 몸에 밴 '기분을 맞춰주는' 버릇, '착한 아이를 연기하는' 버릇은 학교에 들어가면 선생님, 취직을 하면 상사, 나아가 결혼을 하면 배우자로 그 대상을 바꿔가며 계속 이어진다.

가까운 사람이 저기압이 되면, 기분이 안 좋은 이유가 '자신의 탓'이라고 억측해 하나부터 열까지 '기분을 맞추는' 데 신경을 쏟는다. 타인의 기분을 해치지 않기 위해 '착한 아이', '착한 학생', '좋은 사원', '좋은 아내', '좋은 남편', '괜찮은 사람'을 연기하고자 무던히 애를 쓴다.

혹시 당신도 그저 타인에게 '좋은 사람'으로 보이고 싶은 마음에 본연의 모습을 애써 감추며 배우처럼 연기를 하고 있는가? 하지만 당신의 감정만 마모되고 상할 따름이다.

내 기분을 좋게
유지할 것

~~~~~~~~

한 가지 덧붙이자면, '기분'이란 원래 불교용어 '기혐(譏嫌, 기분(機嫌)과 동음이의어로 '키겐'이라 발음한다.―옮긴이)'에서 파생된 말이다.

'기혐'이란 비방을 싫어한다는 의미로 세간의 비방을 막기 위해 제정한 불교의 계율 '식세기혐계(息世譏嫌戒)'에서 따온 말이다. 승려들은 타인의 비방을 받지 않고 수행에 집중하기 위해 이 계율을 지킨다.

그 후, '기(機)'가 기분을 나타내는 의미를 갖게 되면서 '기혐(機嫌)'이라고 표기하게 되었으며, 현재 사용되고 있는 '쾌·불쾌 등의 감정, 기분', '다른 사람의 의향이나 생각, 기색'의 뜻을 갖게 되었다고 한다.

'기분을 맞추는' 행위는 명백히 타인이 기준이다. 그러나 '식세기혐계'의 '기혐'은 엄연히 자신이 기준이다. 쓸데없이 다른 사람에게 비난을 사서 수행에 걸림돌이 되는 일이 생기지 않도록 스스로 계율을 지키는 것이기 때문이다.

양쪽 모두 자신을 둘러싼 환경이 좀 더 좋아지도록 스스로 행하는 것이다. 다만 행동을 취할 때 그 기준이 자신인지, 타인인지는 사뭇 다르다.

당신은 타인의 '기분을 맞출' 때, 왠지 마음 어딘가에서 자신이 희생하고 있다는 감각이 느껴지지 않는가?

'기분을 맞추는' 일은 행동의 기준이 '자기축'이 아닌 '타인축'이기 때문이다. 상대가 저기압 상태이기 때문에 나는 지금 무언가를 참고 있다, 상대를 위하고자 정작 내 마음 한 구석에서 외치는 소리를 외면하고 있다……. 이런 기분은 은근히 자신을 괴롭혀 우리의 마음을 멍들게 한다.

다시 한 번 분명히 말하고 싶다. **'가까운 사람의 기분이 좋지 않아도 그것은 당신의 탓이 아니다.'** 알게 모르게 주위 사람에게 지나치게 마음을 쓰는 일이 많다는 자각이 있는가? 그렇다면 우선 그러한 자각부터 확실히 의식하자. 공연히 저기압인 사람에게 좌지우지 되지 않고 굳건해지자고 스스로 다짐해보자.

그리고 무엇보다 남의 기분을 맞추기보다 먼저 자신의 기분을 우선하자.

내 인생의 주인공은 나 자신이지 저기압인 누군가가 아니다.

내가 항상 '기분 좋은' 상태를 유지할 수 있게 되면, 다른 사람의 불쾌한 기분까지 휙 날려버릴 수 있다. 불쾌한 기분이 바이러스처럼 전염되듯이 유쾌한 기분도 주위에 전해지기 마련이다. 이제부터라도 의식을 바꿔 기분 좋은 웃음 바이러스를 널리 전파해보면 어떨까?

> 자신의 기분을 좋게 하자. '유쾌한' 바이러스는 주위에도 널리 퍼진다.

내가 산 물건,
남에게 받은 물건

물건은 크게 두 가지, 자신이 손에 넣은 물건과 타인에게서 받은 물건으로 나눌 수 있다.

스스로 손에 넣은 물건이란 자신이 사려고 생각하고 실제로 구입하는 행위를 통해 집으로 가지고 온 물건이다. 적어도 손에 넣는 시점에는 필요하다고 생각한 물건, 살 가치가 있는 매력적인 물건이었다고 말할 수 있다.

한편 타인에게서 받은 물건이란 더러 자신의 의지가 개입되지 않은 채 별안간 들어오기도 한다. 특히 포장되어 있는 경우, 무엇인지 전혀 모른 채 받게 된다.

자신에게 '불필요·부적합·불쾌'인지 판단할 여지도 없이 자신의 소유가 된 물건이 바로 타인에게 받은 물건이다.

물론 남에게 무언가를 받는 건 기쁜 일이자 고마운 일이다. '무언가를 주자', '무언가를 선물하자'라는 상대의 호의는 확실히 받는 것이 마땅하다.

그런데 안타깝게도 남에게 받은 물건이란 자신의 취향과는 영 딴판이기도 하고, 전혀 필요가 없기도 하고…… 난감한 경우가 적잖이 있다.

내용물이 무엇인지를 알고 나서 '아, 이건 좀……' 하고 직감적으로 생각한 순간, 그 자리에서 즉시 "저를 생각해서 주셨는데, 사용할 기회가 없을 것 같아 돌려드릴게요. 마음만 받을게요. 고마워요"라고 자신의 의사를 전하면 되는데, 그게 또 생각처럼 쉽지 않다.

그도 그럴 것이 설령 나라면 절대로 선택하지 않는 물건, 눈길도 주지 않을 것 같은 물건일지언정 거기에는 주는 사람의 '호의'가 담겨 있지 않은가. 물건은 곧 호의의 상징이다. 그만큼 물건 본래의 가치를 넘어 특별한 물건으로 다가온다. 들어오는 물건을 즉각 '끊지 못하는' 데는 나름대로 사정이 있으리라.

남에게 받은 물건을
버리지 못하는 이유

〜〜〜〜〜〜〜〜〜〜

'버리고 싶은데 버리지 못하는' 물건을 꼽으라면 가장 먼저 타인에게서 받은 물건이 떠오른다.

다른 사람에게서 받은 물건이지만 이미 내 수중에 있으므로 자신의 물건임은 변함없는 사실이다. 그리고 자신의 물건인 이상, 그것을 버릴 자유도 분명히 있다.

가끔은 사용할지 여부를 망설이는 것이 아니라 마음에 들지 않으니 버리고 싶다, 사용하지 않으니 버리고 싶다는 생각이 들 때가 있다. 이런 경우라면 '버리고 싶은' 마음이 확실히 있으므로 원래는 버리는 자유를 행사하는 데 아무 문제가 없다.

그럼에도 '버리지 못하는' 이유는 내 안에 있는 또 다른 '내'가 상반된 마음을 품고, 버리면 안 된다고 강력히 외치고 있기 때문이다.

이러한 저항감이 나오게 된 배경은 무엇일까?

먼저 첫째로 **미안한 마음**을 들 수 있다. 상대가 자신을 위해 성의껏 준 물건이기에 그것을 버리는 일은 상대의 마음을 무참히 짓밟는 행위처럼 느껴진다. 호의가 담긴 물건인데, 그것을 버리는 행위는 호의를 저버리는 일이므로 차마 버릴 수 없는 것이다.

다음으로 **'호의를 짓밟는 사람으로 보이고 싶지 않은'** 마음을 들 수 있다. 이 경우는 '호의를 짓밟고 싶지 않은' 마음과는 그 원천이 조금 다르다.

'호의를 짓밟으면 안 된다'고 고민하는 것과는 달리 '호의를 짓밟았으나 그런 사람으로 보이고 싶지 않은' 마음이 있는 것이다. 즉, 이미 준 사람의 호의를 '짓밟은' 자신의 모습을 의식하고 있는 상태다. '짓밟았다'는 자각이 있으면서도 마음 한편으로는 '남의 호의를 짓밟는 나쁜 사람이라고 손가락질 받고 싶지 않은' 바람이 있다. 조금 깍쟁이 같지 않은가?

다른 하나는 행여라도 '버렸다는 사실을 상대가 알면 큰일 난다'는 **두려운 마음**이다. 이를 테면 부모님이나 시어머니가 주신 물건은 '버린 사실이 들통 나면 한바탕 난리가 난다'는 이유로 쓰지도 않으면서 고이 보관해두지 않는가.

이처럼 상대를 어려워하는 마음도 '나쁜 사람으로 보이

고 싶지 않은' 마음과 같은 종류라 할 수 있다. 나아가 어려워하는 마음을 품게 된 배경에는 일종의 상하관계나 주종관계가 숨어 있다고 볼 수 있다.

아울러 상대에게 겁먹었다는 것은 상대를 자신의 '주인'으로 삼은 것이다. 이른바 을의 입장을 자처하는 것이므로 내 인생의 주인공이 내가 아닌 셈이다.

이처럼 남에게 받은 물건을 '버리고 싶은데 버리지 못한다'고 느끼는 이유는 저마다 다르다.

그렇지만 세 가지 마음 모두 **자신이 주체가 아닌 타인을 기준으로 생각한다**는 공통점이 있다. 자기축이 아닌 타인축을 기준으로 한 발상이다.

'남에게 받은 물건이므로 차마 버릴 수 없다.' 얼핏 보면 상대를 배려하는 듯이 느껴지지만, 그 마음을 한층 확대해 보면 상대의 비위를 맞추는 나의 모습, 좋은 사람으로 보이고 싶은 나의 모습이 떠오른다.

물론 남을 생각하고 배려하는 마음도 중요하다. 그렇지만 가만히 잘 생각해볼 필요가 있다.

'내가 준 물건을 버리다니, 내 호의를 무참히 짓밟아버렸군.' 이런 생각을 하는 속 좁은 사람, "내가 준 물건 어디 있

어? 잘 쓰고 있지?"라고 시시콜콜 캐묻는 사람과 교제하기
원하는가?

물건으로 상대의 마음을 확인하고, 물건으로 상대를 구속
하는 관계를 맺기 원하는가?

물건을 버리는 것도 아깝지만 나를 지치게 하는 관계를
유지하는 데 일일이 마음 쓰고 마음을 졸이는 것이 훨씬 더
'아깝다'는 사실을 먼저 인식하자.

———

받은 물건을 버릴 수 없는 이유는 '처분하는'
데도 '버리는' 데도 그것을 준 사람의 성의가
걸리기 때문이다. 마음의 기준이 타인축이기
때문이다.

무의식적인 타인축의 정체

'무의식적인 타인축'이란 자신이 타인의 뜻에 따라 행동한다는 사실을 자각하지 못하는 것, 무의식적으로 늘 타인이 어떻게 생각하는지 마음을 졸이는 상태를 의미한다. 이것이 오랜 시간 쌓이고 쌓이면 인생이 버겁게 느껴진다. 진정 내 인생을 걸어가려면 내 인생의 핸들은 내가 잡아야 한다.

타인의 뜻을
따르며 살아왔다면

타인의 비위를 맞추는 나, 버리고 싶은데 타인에게서 받은 물건이라는 이유로 버리지 못하는 나.

누가 뭐라 해도 내 인생은 내 것인데 내가 왜 이렇게 살아야 하지?

부모님에게 인정받고 싶어 줄곧 '착한 아이'를 연기해온 사람, 남편(또는 아내)의 마음에 들도록 '좋은 아내(또는 남편)'를 연기하는 사람도 자신이 연기를 하고 있다는 의식이 없다.

이를 자각하지 못하고 본래 자신의 의지와는 다르게 행동한다. 쉽게 말해 자신의 축이 타인축으로 되어 있는지도 모른 채 자신이 아닌 타인의 감정에 초점을 맞춰 생각하고 행동한다.

바로 이 '무의식적인 타인축'이 우리 인생을 무겁게 짓누르고 있는 것은 아닐까?

좀 더 구체적으로 이야기하자면…… 자신의 본의와는 다른 일이지만, 명확한 의도를 가지고 상대를 위해 하는 것이라면 이는 상대에 대한 배려이자 마음 씀씀이라 할 수 있다.

배려는 상대를 위해주는 내가 주체이며, 타인을 존중하고 자 하는 자신의 의도나 의사에 따른 행동이다.

반면에 '무의식적인 타인축'이란 자신이 타인의 뜻에 따라 행동하는 사실을 자각하지 못하는 것, 무의식적으로 늘 타인이 어떻게 생각하는지 마음을 졸이는 상태다.

내가 가고 싶은 곳으로 발걸음을 옮기고 있는 줄 알았는 데 문득 정신을 차리고 보니 발길이 전혀 다른 방향을 향하 고 있어 석연치 않은 생각이 들고 위화감을 느낀다.

이런 생각이 오랜 시간에 걸쳐 쌓이고 쌓이면 인생이 버 겁게 느껴진다.

진정 내 인생을 걸어가려면 내 인생의 핸들은 내가 잡는 것, 다름 아닌 자기축을 되찾는 것이 가장 중요한 핵심이다.

자기축을 되찾으려면 어떻게 해야 할까?

먼저 이제껏 자신의 축이 타인축이었다는 것부터 깨달아야 한다.

다음은 그것이 의도적인 타인축인지, 자각하지 못하는 무의식적인 타인축인지를 스스로 판단해야 한다.

단샤리는 물건과 나의 관계가 자각하지 못하는 무의식적인 관계인지, 자각하고 있는 의도적인 관계인지를 소유자인 자신에게 자문하는 과정이다. 물건을 매개로 자신에게 물음표를 던지고 판단하면서 버리거나 버리지 않는 행동으로 이어지는 가운데 자각을 가지고 생각하는 나, 자신의 의도에 따라 행동하는 나를 키워가는 일이다. 다시 말해 자기축을 회복하는 여정이다.

———

'의도적인 타인축'은 마음 씀씀이, 배려다.

———

'무의식적인 타인축'은 무의식적으로 타인의 뜻에 따르는 것이다.

———

단샤리란 '의도적으로 판단하고 행동할 줄 아는 나'=자기축을 회복하는 훈련이다.

남에게 좋은 평가를
받고 싶은 나

'무의식적인 타인축'은 일상생활의 사소한 행동과 말 속에도 숨어 있다.

50대 남성 히로시 씨의 이야기를 소개하려 한다.

히로시 씨는 한 회사의 부장이다. 하루는 부서 회식이 있어 팀원들 모두가 한창 부어라 마셔라 하며 흥이 올랐다. 그 기세를 몰아 부하직원들 사이에서 자리를 옮겨 2차에 가자는 말이 나왔다. 그는 다른 용건이 있어 2차에는 갈 수 없었다. 그래서 "이걸로 2차 가서 그동안 쌓인 스트레스도 확 풀고 즐기게" 하면서 부하직원들에게 봉투를 건넸다. 이른바 부장님 찬조금이다.

다음 날 아침, 그가 출근해서 보니 부하직원들은 평소와 마찬가지로 일을 하고 있다. "부장님, 좋은 아침입니다"라고 인사는 받았으나 어느 누구 하나 어제 회식 이야기는 꺼내지 않았다.

그날, 그는 때마침 만난 나에게 여차여차한 이야기를 하며 마지막에 한마디 덧붙이기를 "기껏 생각해서 찬조금까지 줬는데 요즘 젊은이들은 감사 인사도 안 하더군요"라고 넋두리를 했다. 마지막 한마디를 듣는 순간, 이토록 한탄하는 히로시 씨는 도대체 어떤 마음으로 부하직원들에게 돈을 주었을까 하는 의문이 내 머리에 떠올랐다.

'명색이 내가 상사인데, 2차에 가는 부하직원들한테 찬조금도 안 주면 체면이 서지 않잖아'라고 생각했을까?

아니면 '비록 나는 못 가지만, 다들 그동안 쌓인 스트레스를 풀고 신니게 즐기게' 하고 생가했을까?

나는 군이 본인에게 묻지 않았으나 부하직원들의 행동으로 보아 그가 어떤 마음으로 돈을 건넸는지 충분히 짐작할 수 있었다.

젊은 사람들은 대체로 민감하다. 찬조금은 당연히 고맙게 생각했으리라. 그런데 감사하다고 생각하는 동시에 그 돈에 담긴 힘도 분명 알아차렸을 것이다.

어떤 힘이 담긴 돈인지 알기 때문에 감사 인사를 꼭 해야 한다고 생각했으면서도 다음 날 아침에 출근하고 나서는 그만 깜빡한 것이다. 자신이 처리해야 할 업무에 급급해 인사는 뒤로 밀린 격이다.

만일 그가 진심으로 "이걸로 2차 가서 그동안 쌓인 스트레스도 확 풀고 즐기게" 하고 돈을 건넸다면 부하직원들은 분명 감사 인사를 했을 것이다.

아니, 어쩌면 감사 인사가 없다는 이유로 그가 한숨짓지는 않았을 것이다.

"요즘 젊은 애들은 버릇이 없어." 이는 어느 세대나 익히 들어온 말이다. 그런데 과연 요즘 젊은 사람들이 예의가 없다는 이유 하나만으로 이런 상투적인 말을 꺼내는 것일까?

생각건대 비단 예의 운운하는 문제가 아니다. 다만 동기에 부합하는 결과가 돌아오지 않았기 때문이다.

'체면이 서지 않는다'는 마음으로 건넨 돈이었으므로 감사 인사를 못 받은 것은 아닐까?

'체면이 서지 않는다'는 건 타인을 의식한 생각, 즉 타인축이다. 타인축으로 행동하는 이유는 남에게 좋은 평가를 받고 싶어 하는 자신의 모습이 있기 때문이다.

남에게 좋은 평가를 받고 싶다, 남에게 인정받고 싶다는 생각은 곧 자신의 '기대'라고 할 수 있다.

그는 혹시 찬조금을 주면서 부하직원들에게 '이해심 깊은 좋은 상사'라는 평가를 받고 싶었던 것은 아닐까?

인생사 기대라는 건 더러 어긋나기 마련이다. 슬프지만 어쩌겠는가.

그는 기대와 다른 결과가 나온 데 불만을 품었다. 상사답게 행동했는데 부하직원들은 감사 인사조차 없어 마음이 언

짧아졌다. 개탄스러운 마음을 풀고자 '요즘 젊은 사람들은' 운운하며 몽니를 부린 것은 아닐까 싶다.

———

남에게 좋은 평가를 받고 싶다는 기대도 '타인축'이다.

차마 버리지
못하는 넥타이

남성은 대부분 사회적으로 인정받기를 원한다. 사회에서 인정을 받지 못하면 남자가 아니라는 심리적 속박을 가지고 있는 이들도 많다.

부하직원에게 찬조금을 주지 않으면 '상사로서 체면이 서지 않는다'고 느끼는 것도 다름 아닌 상사답게 행동해서 좋은 상사로 인정받고 싶은 마음이 있기 때문이다. 현역에서 물러나 정년을 맞이한 후에도 여전히 사회적 인정에 연연하는 남성도 있다.

본인은 자각하지 못하더라도 그 사람이 소중히 여기는 물건을 보면, 그 사람이 무엇을 원하고 무엇에 연연하고 있는지 눈에 훤히 보이는 법이다.

미노루 씨의 경우 사회적 인정을 상징하는 물건은 바로 넥타이다.

20대부터 직장생활을 한 그는 첫 출근하던 날에 맨 넥타이를 비롯해 60살에 정년퇴직할 때까지 구입한 수많은 넥타이를 아직도 신줏단지 모시듯 보관하고 있다. 넥타이가 자그마치 300개가 넘는다고 하니 입이 다물어지지 않는다.

직장생활을 하던 시절, 그에게 넥타이는 필수품이었다. 우선 양복과 와이셔츠의 조화를 고려하고, 그날의 날씨나 그날 만나는 거래처 사람의 취향에 맞게 넥타이를 매는 방식을 고수하며 나름 센스 있게 관록을 표현했다.

그런데 한때는 없어서는 안 되는 존재였던 넥타이도 이제는 관혼상제 때가 아니면 거의 맬 일이 없다. 직장인 시절에 사 모았던 그 많은 넥타이가 하나같이 무용장물이 된 것이다.

그의 아내는 앞으로 사용할 예정도 없는 넥타이 다발을 가리키며 "거치적거리기만 하니 그만 내다 버렸으면 좋겠어요"라고 닦달한다. 그도 더 이상 쓸데없다는 것을 누구보다 잘 알고 있다. 한데 도저히 '버릴 수가 없는' 것이다.

그는 왜 넥타이를 버리지 못하는 것일까? 그에게 넥타이는 곧 지난날 자신이 사회적으로 인정받았다는 사실을 증명하는 물건이기 때문이다.

정년퇴직을 하고 이제 사회적으로 인정을 받을 기회가 없어졌기 때문에 사회에서 인정을 받았다는 사실을 증명하는 증거품이 더욱 간절히 필요하다. 넥타이라는 증거품이 없어지면 자신이 사회적으로 인정을 받았다는 사실도 증명할 수 없게 된다……. 잠재의식 속에 숨어 있는 불안이 슬쩍 엿보이지 않는가?

넥타이 외에도 명함을 버릴 수 없다고 호소하는 남성들의 이야기도 자주 듣는다.

명함은 그동안 자신이 얼마나 많은 사람들과 인맥을 쌓았으며, 얼마나 많은 사람들에게 신용을 얻어 비즈니스를 성사시켰는지를 증명하는 증거품이다.

우리는 이러한 물건을 눈앞에 두고 '버리지 못한다'고 한숨짓지만, 사실은 '버리고 싶지 않은' 마음이 있기 때문에 고이 보관하고 있는 것이다. 먼저 이 점을 의식해야 한다.

'버리고 싶지 않은' 마음이 있다면 절대 억지로 버릴 필요는 없다.

그렇지만 버리고 싶지 않은 이유에 대해 곰곰이 생각해

볼 필요는 있다.

버리고 싶지 않은 이유를 깨달았을 때, 더 이상 그 물건 자체를 가지고 있을 의미가 없어지는 경우도 있기 때문이다. 나아가서 그 깨달음 덕분에 더 이상 지나날 인정받았던 자신의 모습에 연연하지 않고, 오늘날의 내가 인정받기 위해 새로운 무언가를 시작하는 계기가 되기도 한다.

지난날 땀 흘리며 켜켜이 쌓아온 것들이 있기에 오늘날의 내가 있다는 사실은 말할 필요도 없다. 그러나 우리가 사는 건 지금 이 순간이다. **물건을 통해 자신의 현재를 깨달았다면, 스스로 그 물건의 매듭을 짓자.** 그야말로 '지금을 살아가는 나'로 가꾸는 마중물이 되리라. 과거에 매달리거나 현실에서 도망치거나 미래에 불안을 느끼면 새롭고 희망찬 미래는 오다가도 도로 가버리지 않을까? 오늘과 이어진 새로운 내일을 받아들이기 원한다면 항상 지금의 자신에게 초점을 맞춰보자.

인정받던 시절의 증거품을 버릴 수 없는 것도 '무의식적인 타인축'이다.

단샤리는 물건을 통해 '과거'의 매듭을 짓는
작업이다.

———

이 작업을 통해 '지금을 살아가는 나'를 가꿀
수 있다.

4장

불안과 확신에서
자유로워지다

정말로 필요한
물건인가?

정리가 안 된다는 고민 때문에 머리가 지끈거리는가? 나는 되
도록 불필요한 관념은 걷어치우고 무엇이든 심플하게 생각하며
살고 싶다. '이게 정말 필요할까?' 하고 자신에게 질문을 던져보
자. 심플하게 생각하면, 그 물건 자체가 필요 없어지기도 한다.

'화장실 솔,
어떻게 하세요?'

~~~~~~~~~~

하루는 세미나 휴식시간에 어느 여성 수강생이 이런 질문을 했다.

"야마시타 씨는 화장실 솔을 어떻게 하세요?"

보통 "버리는 편이 나을까요?"라고 묻는다면 "당신은 어떻게 하고 싶으세요?"라고 되묻지만, 질문을 보아하니 '버릴지, 버리지 말지'를 두고 고민하는 눈치가 아니다.

생각건대 그녀는 다른 사람들은 화장실 솔을 '어떻게 취급하고 있는지'가 궁금한 것이다.

이런 질문을 하는 이유는 그녀가 화장실 솔에 대해 무언가 생각하는 바가 있다는 뜻이다. 그래서 나는 "당신은 화장실 솔에 대해 어떤 생각을 가지고 있나요?"라고 되물었다.

그러자 "화장실 솔은 청소하고 나면 물에 젖잖아요. 축축하면 비위생적이니까 당장이라도 햇볕에 바싹 말리고 싶은데, 보기 흉하고 어디 말릴 데도 마땅치 않아서 고민이에요"라고 대답했다.

이제 보니 그녀는 화장실 솔의 유지 관리 때문에 골치가 아픈 것이었다.

자, 당신이라면 고민스러워하는 그녀에게 어떤 조언을 하겠는가?

내가 사용하는 화장실 솔은 알록달록하고 귀여운 디자인이라 미관상 별문제가 없다. 기능성 제품이라 청소 후 물에 젖어도 금방 마른다. 이처럼 괜찮은 상품을 추천하거나 손쉽고 깔끔한 유지 관리 방법을 알려주는 것도 나쁘지 않다.

그런데 과연 그러한 조언으로 그녀의 고민이 해소될까?

"화장실 솔을 사려고 하는데, 추천할 만한 거 있어요?"라는 질문이라면 사용하기 편하고 좋은 물건을 소개하는 것이 가장 좋은 답변이다.

그러나 그녀의 경우는 추천을 원하는 게 아니다.

그도 그럴 것이 그녀의 질문에는 되도록 화장실 솔을 멀리하고 싶어 하는 모습이 슬쩍 엿보인다.

그래서 나는 "화장실 솔이 싫은가요? 집에 두고 싶지 않아요?"라고 그녀에게 물어보았다.

"네, 근데 없으면 청소를 못하니까 어쩔 도리가 없네요"라는 대답이 돌아왔다.

정리하자면 그녀에게 화장실 솔이란 유지 관리하는 데 무척 성가실 뿐만 아니라 미관상 보기 좋은 물건도 아니므로 화장실에 두기 꺼려진다. 그런데 그게 없으면 화장실 청소를 할 수 없고, 화장실이 더러워지면 곤란하니 마지못해 놔두고 있는 셈이다.

수단과 목적을
분명하게

수단과 목적을
분명하게

솔직히 화장실 솔은 누구에게든 보기 좋은 장식물은 아니다.

화장실을 청소하고 나면 구정물에 젖을 수밖에 없다. 화장실은 깨끗해지지만 그만큼 화장실 솔은 축축하게 젖으니 비위생적이다. 그렇다고 세탁기에 넣고 돌려서 건조대에 떡하니 걸어서 말릴 수도 없는 노릇이다.

그런데 그녀는 그렇게까지 꺼리는 물건을 어째서 치우지 않고 계속 가지고 있는 것일까? 혹시 새로 장만하려고 하는 것일까?

원래 화장실 솔이 없으면 정말로 화장실 청소를 할 수 없는 걸까?

이쯤에서 이 물건이 대관절 무슨 목적으로 있는 것인지를 생각해볼 필요가 있다.

화장실 솔이란 화장실을 깨끗하게 닦는 데 사용하는 물

건이기는 하나 사실 그거 하나 없다고 절대로 화장실 청소를 못하는 건 아니지 않은가? 일회용 클리너 같은 것도 있고, 안 쓰는 낡은 천을 걸레 대용으로 사용하는 것도 하나의 방법이다. 요는 궁리하기 나름이다.

그렇게 생각하면 화장실 솔은 화장실을 청소하는 데 필요한 하나의 수단에 지나지 않는다. 그런데 그녀는 머릿속에 있는 '화장실 청소=화장실 솔'이라는 고정 관념에서 벗어나지 못하고 있다. 그래서 본디 그것이 자신에게 반드시 필요한지 어떤지를 검증하는 회로가 움직이지 않는 것이다.

이처럼 관념이란 때로는 사물을 복잡하고 까다롭게 만드는 주범이다.

요즘은 세상이 좋아져서 용도별로 '○○전용'이라는 이름을 단 상품이 하늘의 별처럼 많다. 전용이라는 문구가 붙어 있으면 왠지 효과가 좋을 법한 인상을 풍기지만, 용도가 단순한 물건을 그렇게까지 세분화하는 게 의미가 있을까?

"편리해 보이기는 한데, 이게 정말 필요할까?"라고 자신에게 물음표를 던지는 일도 중요하다.

나는 되도록 불필요한 관념은 걷어치우고 무엇이든 심플하게 생각하며 살고 싶다.

화장실 솔의 유지 관리에 골머리를 앓을 정도라면 골칫거리의 원인인 화장실 솔을 치워버리면 그만이다. **골칫덩어리 자체, 골칫거리의 근원을 없애면 된다**는 것이 단샤리의 기본 자세다.

다시 말해 '정리가 안 된다'는 고민 때문에 머리가 지끈거릴 지경이라면, 정리가 안 되는 대상인 그 물건을 내버리자는 발상에서 나온 것이다.

참고로 우리 집에는 화장실 솔이 없다. 나는 청소할 때마다 화장실 클리너로 쓱쓱 닦는다. 조금 더 꼼꼼하고 깨끗이 닦고 싶을 때는 주방에서 사용하던 낡은 스펀지를 가져와서 맨손으로 빡빡 문질러 닦는다. 무슨 일이든 창의적인 궁리가 중요한 것이 아닐까? 남들이 어떻게 하든 나에게 맞는 독창적인 방법이면 좋은 것이다.

———

'이것이 정말 필요한 물건일까?'

———

심플하게 생각하면, 그 물건 자체가 필요 없어지기도 한다.

불안의
정체

사실 '없어도 곤란하지 않은' 물건인데, 막상 버리려고만 하면
'두 번 다시 갖지 못할지도 모른다는 불안'이 문득 마음을 스치
듯 지나간다. 우리는 이렇듯 아직 일어나지도 않은 미래를 스스
로 불안으로 물들이는 '버릇'을 가지고 있다.

내버리지 못하는
이동식 변기
~~~~~~~~

시아버지는 말년에 자리보전하고 누워서 지내셨다. 화장실에 가는 일조차 힘들어 이동식 변기를 사용하셨다. 시아버지가 돌아가시고 난 뒤 덩그러니 남겨진 이동식 변기. 고장난 데 없이 멀쩡하다며 시어머니는 그걸 버리지 못하셨다.

멀쩡하긴 해도 이젠 환자가 없으니 이동식 변기를 쓸 사람은 없다. 쓸 사람이 없으니 어디 놓을 데도 마땅치 않다.

이제 필요가 없어진 물건이니 나는 당장이라도 내버리고 싶었지만 내 물건이 아니기에 나서서 참견하지 않기로 하고 가만히 있었다.

결국 시어머니는 누구 하나 쓸 사람도 없는 이동식 변기를 버리지 못하고 그냥 두기로 하셨다. "둘 곳도 마땅치 않고 거치적거리니 그냥 버릴까?"라고 먼저 말씀하시면 좋으련만, 전쟁을 겪고 전후 물자가 부족한 시대를 살아오신 분 입에서 "버리자"는 말이 그리 쉬이 나올까.

시어머니는 "어디 망가진 데도 없고 아직 쓸 수 있는데 버리긴 아깝지"라고 하셨다. 쓸 수 있는 상태의 물건은 설사 당신이 사용하지 않더라도 버리지 않고 둔다는 것이 시어머니의 기본자세다.

아무리 멀쩡한 물건이라 한들 더 이상 쓸 일도 없는 이동식 변기가 보기 좋을 리 없다. 나름 부피도 커서 솔직히 볼 때마다 눈에 거슬린다. 그래서 시어머니가 어떻게 하셨느냐 하면…….

"빈 공간이 있으니 여기다 좀 놓는다."

하필이면 내 남편, 즉 당신 아들의 서재 한구석에다 옮겨 놓으셨다.

그래도 그렇지, 아들 방에 보란 듯이 변기를 갖다 놓다니 너무하시지 않은가. 방 한구석에 화장실이 떡하니 자리 잡고 있으니 방이 아주 못 쓰게 되었다. 요컨대 시어머니는 아들을 제쳐놓고, 변기를 서재 주인으로 삼은 것이나 마찬가지였다.

그 광경을 보고 있자니 속이 부글부글 끓었다.

"어머니, 쓰지도 않는 변기를 꼭 소중한 제 남편과 함께 두셔야겠어요?"

나도 모르게 하소연하는 말이 입 밖으로 튀어나왔다.

그제야 시어머니도 미안한 마음이 들었는지 서재 한 구석을 차지하던 변기를 서재 밖으로 내놓으셨다. 그렇지만 여전히 "아깝잖아" 하면서 버리지 못하셨다. 차마 버릴 순

없고 보란 듯이 어디다 놔두면 며느리인 나에게 또 무슨 소리를 들을지 모른다.

그러자 이번에는 문제의 변기를 보이지 않도록 담요에 고이 싸서 다락방으로 가져가려고 하시는 게 아닌가?

시어머니의 시점은 이동식 변기라는 **물건의 상품가치에만 집중**하고 있다. 물건이 당신에게 필요한지의 여부, 당신이 보관해둘 만큼의 가치가 있는지와 같은 고찰은 전혀 없다. 단샤리에서는 주체성을 나타내는 '축'을 어디에 두는지를 중요시하는데, 시어머니는 그 축이 자기 자신, 자신과 물건과의 관계가 아닌 물건 자체에 있는 상태다.

결국 물건만 바라보면 물건을 버릴 만한 정당성은 눈을 씻고 찾아봐도 없다. 망가진 데 하나 없고 아직 충분히 쓸 수 있는데 그걸 어찌 버릴 수 있겠는가.

지금 보고 있는 것이
당신 미래의 자화상

물건축에 푹 빠지신 시어머니를 보고 나는 아연실색한 나머지 화를 낼 정신도 없었다. 한데 이 집은 내가 사는 집이기도 하다. 쓸 일도 없는 이동식 변기가 우리 집 어딘가에 잠들어 있는 건 도저히 용인하기 어려운 상황이니…….

"어머니, 혹시 나중에 필요하게 되면 그때 다시 사면 되지요. 아무리 보이지 않게 다락방에 숨겨둔다 한들 집 안에 놔둬서 기분 좋은 물건은 아니잖아요."

마음을 가다듬고 조곤조곤 말씀드렸다. 그러자 시어머니는 내 눈에 닿지 않도록 담요에 고이 싸서 다락방으로 옮기려고 하셨다.

'아니, 연로하신 분이 저렇게까지 애쓰시는데 그냥 좋을 대로 하시게 두면 안 되나? 어차피 다락방에 놓으면 평소에는 볼 일도 없겠구면.'

혹자는 이렇게 생각할지 모른다. 그렇지만 나에게도 결코 양보할 수 없는 또 다른 이유가 있다.

다락방 구석에 두면 평소에는 보이지 않는 건 사실이나 그것을 보관한다는 건 '언젠가 이동식 변기를 사용하게 될 때를 가정한다'는 기분이 들기 때문이다. 버리지 않고 놔두면 '언젠가 나도 이것을 사용해야 할 몸이 된다'는 상황을 가정하면서 그 모습을 그리게 된다. 그리고 그 모습은 현실로 이어질 가능성이 크다. 물건에는 이러한 '파동'이 있다는 생각이 들어서 나는 그것을 도저히 견딜 수가 없다.

　무의식중에 자신의 미래를 '이동식 변기와 함께하는 노후'에 초점을 맞추는 것은 너무나도 참을 수 없는 일이다.

　노후에 자리보전하는 삶을 보내는 사람이 적지 않은 건 사실이다. 그렇다고 모든 사람이 병들어 자리보전하는 것도 아니지 않은가? 나는 아무리 가능성이 낮을지언정 나의 미래의 자화상은 자리보전하는 일이 없는 건강한 모습, 밝고 긍정적인 모습을 가정할 것이다.

　마찬가지로 시어머니도 미래의 자화상을 가정할 자유가 있다. 생각건대 혹여 시어머니의 소망도 나와 같다면, 자리보전하지 않는 건강한 당신의 모습을 가정하면 된다. 그렇기 때문에 더더욱 필요 없어진 이동식 변기를 계속 가지고 있어야 할 이유는 없다.

　아마도 시어머니는 "만에 하나 나중에 필요할 때를 대비해서"라고 말씀하시리라. 그러나 놔둔다는 행위에는 사용할 일이 있다는 전제가 따른다.

　사용한다는 전제를 없애면, 보관할 데도 마땅치 않은 애물단지 이동식 변기를 구태여 집 안에 놔둘 필요도 없어지지 않을까?

자, 그 후 문제의 이동식 변기는 어떻게 되었을까? 낡아 빠진 이동식 변기는 새 주인이 나타나지 않아 결국…… 쓰레기장으로 보냈다. 물론 한동안 신세졌던 일에 깊이 감사를 표하면서.

> 어떤 물건을 놔두면, 무의식중에 '그 물건이 필요한 미래'를 선택하는 것이나 마찬가지다.

아깝다고 느끼는
마음의 함정

2011년, 케냐의 환경 운동가 왕가리 마타이가 세상을 떠났다. 2004년에 노벨 평화상을 받은 마타이는 일본의 "아까우니 소중히 여기자"는 말에 감명을 받아 그 정신을 세상에 널리 알리는 데 힘을 쏟았다.

'아깝다'는 마음이 드는 것은 일본인의 미덕 중 하나다. 어릴 때부터 부모님이나 학교 선생님이 "아깝다", "물건을 아껴 써야 한다"고 가르치는 말을 귀에 못이 박히도록 들어 왔다. 그리고 이제 자녀를 키우는 입장이 되면 그 바통을 이

어받아 "아깝잖니", "소중히 여겨라" 하고 아이를 타이르며 '아까워' 정신을 전수한다.

'아까워'는 일본인의 공통인식이자 고정 관념이라 할 수 있다. 마타이는 일본인의 마음속에는 '아까워'의 마음이 깃들어 있어 훌륭하다면서 칭찬을 마다하지 않았다.

'아깝다'는 마음을 느끼는 것을 자랑스럽게 여기고 그 정신을 소중히 이어가는 것은 자연스럽고 마땅한 일이다.

그렇지만 '아까워'라는 관념은 때에 따라 사용하는 주체인 '나'의 존재를 망각하게 만드는 주문이 되기도 한다. 내가 사용하지도 않고 솔직히 있으면 짐만 되는데, 물건 자체만 두고 "아깝다"라는 말이 한번 나오면 "아직 쓸 수 있는데 버리기에는 아깝다" 하고 자신도 모르게 불필요한 물건을 벽장 속에 쌓아두는 행동으로 이어진다. 그야말로 '자기축'을 잃은 상태가 아닌가.

이는 곧 "이미 배는 부르지만, 먹을 수 있는 음식을 버리면 아깝잖아" 하고 남은 음식물을 무리하게 입에 욱여넣는 것과 마찬가지다.

우리가 일단 물건이나 음식물을 앞에 두고 '아까워'의 감정을 품으면, 아무리 발버둥을 쳐도 아깝다고 느끼는 마음의 함정에서 빠져나올 수 없게 된다.

여기서 우리는 '기본적으로 물건이 왜 있는가?'라는 점을 기억해야 한다.

원래 물건이란 우리에게 보탬이 되고, 우리를 응원해주고, 우리를 도와주기 위한 목적으로 만들어진 것이며 필요에 따라 우리가 곁에 두는 것이다. 그러나 더 이상 보탬이 되지 않고, 응원해주지도 않고, 도움도 안 된다면, 그 물건은 우리 곁에 존재하는 의미가 없다. 설령 다른 누군가에게는 그 물건이 필요하더라도 나에게 더 이상 필요가 없으면 아무 의미도 없다.

그런데 주객이 전도되어 우리는 물건을 주인공으로 삼고, 물건을 위해 공간을 내주고, 물건 관리에 시간을 낭비하며, 정작 가장 소중한 존재인 나 자신을 홀대하고 있다. 만약 마타이가 이 모습을 본다면, "고작 물건 하나 때문에 자신을 희생하다니 참으로 아깝군요" 하고 안타까워하지 않을까?

———

물건을 주인공으로 삼고, 자신을 홀대하는 것만큼 아까운 것은 없다.

다시는 갖지 못할지도
모른다는 불안
~~~~~~~~~~

아까워하는 마음 외에도 '버리지 못하는' 마음을 조장하는 것이 있다. 다름 아닌 버리는 것에 대한 '불안'이다.

우선 버리는 일 자체는 괜찮지만 혹시 나중에 꼭 필요할지도 모른다는 불안이다. 이 경우 나중에 필요하면 그때 또 구입하면 되므로 문제가 안 된다.

문제는 그다음에 따르는 불안이다. 만일 나중에 필요할 때 '**다시는 갖지 못할지도 모른다는 불안**'이다. 바로 이런 불안이 우리가 기껏 내린 '버리는' 결단을 무디게 해서 '버리지 못하는' 상황으로 빠뜨리는 주범이다.

값비싼 물건이라면, 그것을 버렸다가는 같은 물건을 사는 데 비싼 돈을 또 지불해야 한다. 그런데 정작 필요하게 되었을 때, 그것을 살 돈이 없어서 구입하지 못할지도 모른다는 불안이 불쑥 고개를 내민다.

시간과 노력을 들여 수집한 물건이라면, 수집품들을 한 번 처분했다가 마음이 바뀌어 같은 물건이 갖고 싶어졌을 때 체력과 기력이 달려 두 번 다시 모으지 못한다는 불안이 슬그머니 고개를 내민다.

추억이 깃든 물건이라면, 그것을 버리면 그때의 추억을 잊어버릴지도 모른다는 불안이 삐죽 고개를 내민다. 심지어 그토록 행복한 추억은 내 인생에 두 번 다시 없을지도 모른다는 불안도 슬쩍 고개를 내민다.

업무 자료라면, 그 자료를 버리면 앞으로 자신이 필요로 하는 정보를 다시는 얻지 못할지도 모른다는 불안이 삐죽이 고개를 내민다.

사실 '없어도 곤란하지 않은' 물건인데, 막상 버리려고만 하면 '두 번 다시 갖지 못할지도 모른다는 불안'이 문득 마음을 스치듯 지나간다.

왜 우리는 '다시는 갖지 못할지도 모른다'고 생각하는 걸까? 미래는 아무도 모르는데…….

버린 물건, 처분한 물건과 동등한 물건이 다시 수중에 들어올 가능성은 처음 손에 들어왔을 때의 가능성과 비등비등하다. 아니 오히려 버린 물건보다 더 좋은 물건이 손에 들어올 가능성도 분명히 있다.

그런데 어째서 손에 들어올 수 있다고 생각하지 않고, 손에 들어오지 않을지도 모른다고 생각하는 것일까? 이는 우리가 자신의 미래를 전혀 신용하지 않는다는 방증이다.

우리는 아직 일어나지도 않은 미래를 스스로 불안으로 물들이는 '버릇'이 있다. 걱정도 팔자라는 말이 있듯이 말 그대로 공연한 버릇이다.

툭하면 나오는 버릇 때문에 불안해서 버릴 수가 없다. 버리지 못하고 놔두기 때문에 날마다 '두 번 다시 같은 물건을 가지지 못하는 미래의 자화상'을 이미지 트레이닝하면서 한층 농두 짙은 불안이 그림자가 드리워진다. **자신의 미래가 지금보다 훨씬 좋으리라 믿는다면 '필요하면 그때 또 살 수 있겠지' 하고 자연스레 생각할 수 있지 않을까?**

이처럼 긍정적인 방향에 속하는 '미래에 대한 불안'은 인간의 학습의 산물이자 고마운 지혜이기도 하다. 물론 그렇다고 무엇이든 다 버려도 된다는 의미는 아니다.

다만 여기서 짚고 넘어가야 할 것은 우리 인간은 지난날의 실패에 지나치게 사로잡힌다는 점이다. "그때, 그걸 버려서 엄청나게 후회했지……." 과거 실패했던 경험만 떠올리기 때문에 '버렸을 때 생기는 위험'과 '버리지 않았을 때 생기는 위험'을 저울질하다 적절한 판단을 내리지 못하는 경우가 비일비재하다. '버리면 곤란한' 물건도 분명 있으나 **'버리지 않고 놔두었을 때 애물단지가 되는' 물건도 수두룩하지 않은가?**

지금까지의 경험으로 볼 때, 후자의 경우가 압도적으로 많다고 단언할 수 있다.

불안해서 '버리지 못하는 물건'을 실제로 버렸는데 만일 그 후 그것을 두 번 다시 구입하지 못한다면, 과연 어떻게 될지 한번 상상해보면 어떨까?

의외로 없어도 별것 아닌 물건들뿐이라는 걸 알게 될 것이다.

> 우리는 미래를 불안으로 물들이는 '버릇'이 있다.

사재기와
비축의 차이

일본은 대지진과 쓰나미에 이어 몇 차례나 태풍이 엄습해 잇달아 큰 재해를 당했다. 지금까지는 '대비'에 별 관심이 없던 사람도 '만에 하나'가 현실이 되는 일을 피부로 실감하고 '대비'에 대해 진지하게 생각하는 계기가 되었다.

만에 하나 재해가 일어날 때를 대비해 며칠분의 식수와

식량을 미리 준비해두는 일은 현명한 처사다. 단수로 수돗물이 나오지 않고, 도로가 차단되고, 각종 물자 유통이 지체될 가능성도 충분히 있기 때문이다.

자고로 '비축'이란 적정한 위기관리다. 내 몸은 내가 지킨다는 자세는 응당 가져야 한다.

그러나 대지진 직후, 큰 피해가 거의 없었던 지역에서 일어난 '사재기' 현상을 보고서는 하도 기가 막혀서 말이 안 나왔다.

나는 사재기 뉴스를 들을 때마다 마음이 울적해졌고, 나중에는 혐오감마저 들었다.

'사재기' 현상이 벌어진 데는 예고도 없이 들이닥친 자연재해로 인해 평온한 일상에 금이 가자 일부 사람들이 덜컥덜컥 불안에 사로잡혔기 때문이다.

지금은 수도꼭지만 틀어도 물이 콸콸 쏟아져 나오지만 언제 갑자기 안 나오게 될지 모른다. 슈퍼마켓과 편의점에 나란히 진열된 음료수도 어쩌면 내일은 동날지도 모른다.

이제껏 지극히 당연하게 누리던 생활을 마땅히 누리지 못하는 상황이 보란 듯이 벌어졌다. 일상이 뒤죽박죽 엉망이 될지도 모른다는 불안이 생겨나고, 불안이 도를 넘어서 단수가 되지 않았음에도 생수를 사재기하는 행동으로 이어지는 것이다.

과연 사재기가 우리가 취할 행동으로서 칭찬해야 할 일인가 아닌가의 문제는 차치하고, 사재기에 나서는 심리적인 근거는 어느 정도 이해할 수 있다.

그러나 과연 사재기를 한다고 불안이 해소될지에 대해서는 크게 의문이 든다.

가령 이틀분의 식량을 확보했다고 하자. 손에 넣은 시점에서는 "무슨 일이 생겨도 이틀 치 식량이 있다" 하고 안심할는지 모른다. 그러나 이틀분으로는 충분하지 않다고 생각하는 사람도 있기 마련이다.

미래를 암울하게 채색하는 버릇이 몸에 밴 탓에 이번에는 "어쩌면 이틀 치 식량으로는 부족할지도 몰라"라는 걱정이 불쑥 고개를 내민다.

그렇다면 닷새분을 확보하면 안심할 수 있을까? 아니 이번에는 또 일주일분 정도는 있어야 하지 않을까 하는 생각에 덜컥 불안을 느끼리라.

즉 일주일분을 확보하든 나아가서 보름치를 확보하든 마음을 놓지 못하는 악순환이 끊이지 않고, 불안의 그림자 역시 끊임없이 뒤를 졸졸 따라다닌다.

왜 마음을 푹 놓지 못하는 것일까?

그야말로 불안에 초점을 맞추기 때문이다. **불안에 초점을 맞추는 한, 결코 안도감을 느낄 수 없다.**

세간에서는 "유비무환"이라고 말한다.

그렇지만 나는 구태여 "**유비유환**"이라고 말한다.

대비하는 행동의 원동력이 불안이라면, '불안'='근심'은 평생 사라지지 않는다. 대비함으로써 어느 정도 안심할 수 있다는 마음이 들더라도 '한층 더 안심하고 싶다'는 마음이 뭉게뭉게 피어올라 '불안=근심'이 도리어 더욱 커지는 경우도 있기 때문이다.

고로 나는 "대비한다고 근심이 없어지는 건 아니다"라고 주장하는 바다.

———

기억하자, 유비유환!

상쾌한 이미지를
선택한다

같은 조건 아래서도 '하지 못하는 핑계거리'를 찾는 자세와 '할 수 있는 구실'을 찾는 자세. 이에 따라 앞으로 다가올 미래도 크게 달라지지 않을까? '못 하는 핑계거리'만 찾고 있으면 미래는 어두워지지만 '할 수 있는 구실'을 찾으면 미래가 밝아온다.

하지 못하는 이유,
할 수 있는 이유

이틀분의 식량을 비축하고 안심하는 사람이 있는가 하면,
이틀분으로는 부족하다며 사재기에 나서는 사람이 있듯이
같은 조건에서 같은 일이 벌어지더라도 이를 바라보는 방식
은 사람마다 다르다.

예를 들어 무언가 어려운 과제가 주어졌다고 하자.

"열심히 하면 할 수 있을지도 몰라. 까짓것 한번 해보자"
라고 적극적으로 생각하는 사람이 있는가 하면 "에이, 어차
피 못 할 게 빤한데 그냥 관두자" 하고 지레 포기하는 사람
도 있다.

설령 과제를 해결하지는 못했더라도 적극적으로 임한 사
람은 도전하는 과정에서 많은 것을 배울 수 있다. 그러나 시
작도 하기 전에 포기한 사람은 이미 포기한 시점에서 가능
성은 전무하다. 사람은 누구나 자신의 가능성을 넓히고자
하는 바람이 있다. 그런데 가능성을 넓히고 싶다고 생각하
면서도 무의식중에 제동을 거는 경우가 있다.

제동이 걸리면 '할 수 없는 일'에 초점을 맞추는 버릇, 즉
'하지 못하는 이유'를 찾는 버릇이 슬슬 나오기 시작한다.

솔직히 새로운 일에 도전하는 것은 다소 용기가 필요하다. 사람은 대부분 현상유지를 좋아하는 경향이 있어서 평온무사를 바라는 나머지 도전이라는 일종의 모험을 하지 않아도 되도록 '하지 못하는 이유'를 찾기도 한다.

당신은 하지 못하는 핑계거리를 찾는 유형의 사람인가? 할 수 있는 구실을 찾는 유형의 사람인가? 어느 유형인지는 당신에게서 나오는 말을 보면 판단할 수 있다.

나의 고향 이시카와현에 '단샤리 하우스'를 만들었는데 방문객들이 곧잘 찾아온다. 실내를 둘러본 뒤 무심코 툭 내뱉는 한마디에 그 사람이 사물을 대하는 자세를 슬쩍 엿볼 수 있다.

참고로 단샤리 하우스란 지난날 내가 살았던 집이다. 남편과 아이와 함께 세 식구가 거주했는데, 지금은 단샤리의 거점으로 삼고 워크숍 장소 등으로 이용하고 있다.

단샤리 하우스에는 물건이 넘쳐나지 않는다. 공기가 흐르고 막힘없이 빠져나가는 공간적인 여유가 곳곳에서 느껴지는 곳이다. 내가 몇 년 동안 공들여 단샤리를 한 결과이므로 두말하면 잔소리다.

가장 먼저 "식구가 몇 명인가요?"라고 묻는 사람이 많다. 이 사람은 '하지 못하는 핑곗거리'를 찾는 유형에 속한다.

"세 명입니다"라고 내가 대답하면, '그럼 그렇지'라는 듯이 고개를 끄덕거린다. 고개를 끄덕이는 행동은 '이 집은 식구가 적으니 그만큼 물건도 적은 거야'라고 생각하는 것이다. 즉 '우리 집은 식구가 많으니 못 하는 게 당연하다'는 식이다. '하지 못하는 이유'를 찾고 내심 안심하는 모습이다.

"지금은 여기서 사시는 거 아니죠?"

이 질문을 뒤집어보면 '실제로 사람이 생활하는 공간이 아니니까 이렇게 깔끔하게 정돈되어 있지. 우리 집은 사람이 살고 있으니 노상 어질러져 있어도 어쩔 수 없어'라고 말하는 것과 같다. 늘 어질러져 있는 자기 집에 대한 변명이자 정리되지 않는 이유를 자기합리화하는 모습이다.

한편, 대가족이 한집에 옹기종기 모여 살고 온종일 식구들이 북적거리는 환경이지만 "뭔가 궁리할 수 있는 게 없을까?" 하고 적극적으로 '할 수 있는 구실'을 찾는 유형의 사람도 있다. 이런 사람은 나오는 말부터가 다르다.

"와~ 대단해요! 어떻게 하면 이렇게 말끔하게 정리할 수 있어요?" 둘러본 소감을 솔직히 표현하고, 정돈하는 방법도

구체적으로 묻는다.

비록 깨끗이 정리하는 데 좋은 여건은 아니지만 북적거리는 그 안에서 어떻게 하면 좋을지, 할 수 있는 게 무엇이 있을지 곰곰이 생각한다. 이 얼마나 적극적이고 긍정적인 자세인가.

같은 조건 아래서도 '하지 못하는 핑계거리'를 찾는 자세와 '할 수 있는 구실'을 찾는 자세. 바로 이 자세에 따라 앞으로 다가올 미래도 크게 달라지지 않을까?

'못 하는 핑계거리'만 찾고 있으면 미래는 갈수록 폐쇄적이고 어두워진다.

그러나 반대로 **'할 수 있는 구실'을 찾으면 미래가 열리고 여명이 밝아온다.**

"이래서 못 하고 저래서 못 해."

이렇게 변명만 늘어놓는 사람이 되지는 말자.

"이래서 할 수 있고, 저래서 할 수 있어."

지금의 나를 둘러싼 상황에 감사하며 주어진 조건 안에서 최선을 다하자.

적극적인 자세로 하루하루 긍정적인 오늘을 쌓아가다 보면, 분명 미래는 자연히 밝게 빛날 것이다.

‘하지 못하는 핑계거리’를 찾는 행동이 자신
에게 제동을 건다.

‘할 수 있는 구실’을 찾는 행동으로 미래가
바뀐다.

나이는 켜켜이
쌓아가는 것

화장품이나 건강식품의 홍보문구를 보면 ‘안티에이징’이라
는 말이 심심찮게 등장한다. 나이가 들어도 젊음을 계속 유
지하고 싶은 마음은 많은 이들의 한결같은 소망이다. 그만
큼 ‘안티에이징’이 사람들에게 매력적으로 와 닿는다는 건
익히 알고 있다.

그런데 나는 어쩐지 이 말이 마음에 들지 않는다. ‘나이를
먹는 것’을 ‘노화’로 단정 짓고, 이를 거슬러보고자 안간힘
을 쓰며 발버둥치는 것처럼 느껴지기 때문이다.

사람이 나이를 먹어가는 가운데 노화하고 ‘노인’으로 취

급받는 건 분명 사실이다. 그렇지만 아이가 스무 살이 넘었다고 당장 그날부터 성인이 되는 것이 아니듯 어느 연령을 넘었다고 하루아침에 노인이 되는 것도 아니다.

나는 '나이를 먹는다'는 표현은 되도록 사용하지 않는다. 나이란 먹는 것이 아니라 켜켜이 쌓아가는 것이 아닐까? '나이를 한 켜 두 켜 쌓아간다'는 말에는 울림이 있다. 거기에는 아름다운 것, 사랑할 만한 것을 찾을 수 있을 듯한 느낌이 든다.

지금 내 곁에는 여든을 넘기신 두 여인이 있다. 다름 아닌 시어머니와 친정어머니다.

두 분 모두 '나는 노인이다'라는 의식을 갖고 계시다. 두 분이 언제부터 자신을 노인으로 인식하게 되었는지는 사실 잘 모른다. 그렇지만 '노인'이라는 의식이 두 분 안에서 이미 확고하게 자리 잡은 것은 분명하다.

두 분을 옆에서 보고 있자면, "아이고~ 내 나이야", "이 나이에 ○○은 무리지"라는 말을 항상 입에 달고 사신다. 평소 쉬이 고단해지는 것도, 허리가 아픈 것도, 건망증으로 깜빡깜빡 하는 것도, 남에게 상처 주는 말을 하는 것도, 물건을 어질러놓는 것도 전부 나이 탓이다. 온통 나이 탓으로

만 돌리신다.

나이 먹은 것, 당신이 노인인 것을 만사의 변명으로 삼으신다. '나는 나이를 먹었으니 ○○을 못하는 건 당연지사.' 이는 '하지 못하는 핑계거리'를 찾는 거나 마찬가지 아닐까? 막상 해보면 너끈히 할 수 있을지도 모르는데, 스스로 당신을 '노인'이라고 미리 못 박아놓고 으레 포기하고, 지레 할 수 없다고 뒷걸음질 치신다.

나이를 켜켜이 쌓아가다 보면 신체의 여러 기능이 쇠하는 것을 피부로 느낀다. 움직이고 싶어도 마음처럼 움직일 수 없는 때도 있다.

그런데 아무리 신체의 근육이 쇠약해져도 마음의 근육—도전하거나 적극적으로 임하고자 하는 마음까지 '나이 탓'으로 돌려 지레 쇠약해질 필요가 있을까?

"나는 아무리 나이를 켜켜이 쌓아 갈지언정 죄다 나이 탓으로 돌리는 사람이 되고 싶지는 않다……."

애당초 '나이를 먹으면 쇠한다'는 말도 일종의 관념이다.

나이를 한 켜 두 켜 여유롭게 쌓아 가기를 원한다면 머릿속에 똬리를 틀고 들어앉은 '고정 관념'부터 싹둑 잘라내자.

여유롭게 한 켜 두 켜 나이를 쌓아가고 싶다.

고로 '나이를 먹는다=늙는다=쇠약해진다'는
버리고 싶은 고정 관념 중 하나다.

미래는 알 수 없지만
선택은 자유다

50대를 몇 해가량 살아본 지금, 나는 하루하루가 너무나 즐
거워 행복한 비명을 지른다.

아침에 눈을 뜨면 "좋았어, 오늘도 희망찬 하루가 시작되
는구나!" 하고 나도 모르게 가슴이 두근거린다.

당신은 50대라는 나이에 대해 어떤 이미지를 가지고 있
는가?

흔히 50대라고 하면 '아저씨', '아줌마'라는 지극히 정형
화된 연령대라는 이미지가 연상될 것이다. 사실 이렇게 말
하는 나 역시 지난날에는 '현저하게 쇠약해지는 나이'라는
이미지를 가지고 있었다.

그도 그럴 것이 피부는 눈에 띄게 탄력을 잃어 늘 신경이
쓰였고, 수면 부족에 시달리다 보면 어느새 눈 밑에 그늘이

생긴다. 얼굴에 정신을 온통 쏟고 있다 보면 어쩐지 한심한 기분도 들었다.

가끔은 젊고 탱탱한 피부를 되찾고, 밤을 새워도 환한 눈가를 자랑하던 시절의 모습으로 돌아가고 싶다는 생각마저 들었다. 한때는 나도 단순히 겉모습에만 초점을 맞추며 울적함을 달래던 시절이 있었다.

언젠가 텔레비전을 보고 있는데 어느 지식인이 "60대도 충분히 즐겁게 살 수 있습니다. 체력도 아직 팔팔한데 튼튼한 두 다리로 어디든 못 가겠습니까? 인생에서 가장 즐거운 시기입니다"라고 말하는 것이 아닌가?

'60대는 즐겁다.'

60대는 50대인 지금보다 훨씬 더 즐거워지는구나! 나는 너무 신이 난 나머지 나도 모르게 승리의 포즈를 취했다.

한편 주위를 둘러보면 "60대는 괴롭다"고 말하는 사람도 있다. 물론 실제로 가보지 않은 길이므로 정말로 즐거운지 아닌지는 알 도리가 없다. 아직 일어나지도 않은 미래의 일을 예언할 수 있는 사람도 없으니 확인하려 들 생각도 없다.

즐거울 수도 있고, 괴로울 수도 있다. 어느 쪽이 될지, 지금 이 시점에서는 알 길이 없다.

그렇다면 나는 '60대는 즐겁다'는 의견에 귀를 기울이고 싶다.

공연히 "60대는 왠지 괴로울 것 같아"라고 불안하게 생각하기보다는 "60대는 즐거울 것 같아"라고 상상하는 게 훨씬 행복하지 않을까?

어떤 생각을 선택하든 그것은 본인의 자유다. 선택의 자유가 있으면 나에게 한결 쾌적하게 느껴지는 선택지를 고르는 편이 단연코 기분도 좋다.

지금으로서는 알 수 없는 미래에 괜히 불안의 먹구름을 드리우지 않고, 알록달록 희망으로 채색하고 싶다. 내 생각은 변함없다.

———

미래는 알 수 없다. 즐거울 수도 있고, 괴로울 수도 있다.

———

그렇기 때문에 나는 내가 쾌적하게 느끼는 이미지를 선택하고 싶다.

5장

인간관계가 괴롭게
느껴진다면

나에게
솔직해진다

어떤 일을 결정할 때 마음이 무거워질 때가 있다. 머리가 방해
를 하기 때문이다. 그럴 때는 "마음아, 너는 진심으로 어떻게 생
각하고 있니?"라고 자기 가슴에게 물어보자. 그런 다음 하고 싶
다는 생각이 드는 일은 솔직담백하게 자신에게 허락을 내리자.

머리로 생각하지 말고,
가슴에게 물어본다

자신의 감정은 의외로 알기 어렵다. 느끼는 것도 생각하는 것도 나 자신이지만, 내가 지금 어떻게 느끼는지, 진심으로 어떻게 생각하는지를 제대로 자각하지 못한다.

다른 사람두 아니고 자기 자신의 일인데 왜 모르는 건까? **바로 머리가 방해를 하기 때문이다.**

사람은 지금까지 살아오면서 받아들인 관념과 그동안의 경험을 토대로 옳고 그름이라는 잣대를 가지고 판단한다. 걸핏하면 좋은지 나쁜지, 옳은지 그른지 판단하려 든다.

자신의 마음이 진심으로 느끼는 감정과 자신의 머리로 판단하는 이성, 이 둘 사이가 서로 어긋나 불협화음을 내면 우리는 무어라 말할 수 없는 위화감을 느낀다.

사소한 위화감인 경우 어쩐지 마음이 개운치 않거나 마음에 응어리 같은 게 느껴지는 심리적인 증상을 보인다. 심하면 가슴이 답답해지거나, 위가 쿡쿡 쑤신다거나, 피부에 발진이 나는 등 신체적인 증상을 동반하기도 한다.

나는 '이건 좀 아닌 것 같은데'라는 느낌이 들면, 어김없이 나의 가슴에게 **"내 마음은 진심으로 어떻게 생각하고 있니?"**

라고 묻는 방법을 쓰고 있다.

머리로 생각하는 이성이 아니라 마음에서 샘솟는 감정을 믿자. 이것이 나의 모토다.

만약 지인이 함께 여행을 가자고 권유한다면 어떻게 하겠는가?

솔직히 함께 가자고 권유해준 것은 기쁘지만, 어쩐지 내키지 않을 때도 있지 않은가?

내심 내키지 않지만 '모처럼 같이 가자고 하는데 거절해도 될까', '사교성이 없는 사람으로 생각할지도 몰라……' 이런 생각이 머릿속에 떠올라 은연중에 '가지 않는다면' 혹은 '가는 게 낫다'는 방향으로 판단을 이끈다.

그렇게 해서 결국 '가는 게 낫다'는 다소 소극적인 이유로 내키지 않는데도 어쩔 수 없이 여행을 떠난다면, 과연 진심으로 여행을 즐길 수 있을까?

'어쩔 수 없이 왔다'는 기분이 가슴 한구석에 자리 잡고 있다면, 여행이 마냥 신나고 즐거울 수 있을까?

거기다 한술 더 떠 자신이 진심으로 즐기지 못하고 있음을 이미 자각하고 있는 상태다. 시큰둥하게 있으면 권유한 사람에게 실례가 된다는 생각에 실제 기분과는 정반대로 짐짓 즐거운 양 행동한다면, 마음만 더욱 지치게 만드는 꼴이 아니겠는가?

한편 자신의 감정에 귀를 기울이면, 어째서 내키지 않는지 그 이유가 떠오른다.

그 사람과 함께 어울리는 일은 즐겁지만 여행을 떠나기에는 시간적 혹은 금전적으로 여유가 없다. 이런 이유라면 상대에게 사정을 솔직히 이야기해 "다음에 가자"고 말할 수 있다.

행여 그 사람과 함께 어울리고 싶지 않아 내키지 않는 것이라면, 여기서 결단을 내려야 한다.

'가지 않는다' 혹은 '가고 싶지 않지만 간다'.

'오랫동안 알고 지냈는데', '신세를 졌으니까', '앞으로 안 볼 사이도 아닌데'……. 이처럼 사회적 체면 때문에 '안 가면 안 된다'는 이유가 '가고 싶지 않다'는 기분을 꺾는다면, 그마저도 인정하고 쿨하게 가는 것으로 결정하자.

만일 여행을 거절하는 정도로 깨지는 인간관계라면, 깨져도 괜찮다는 각오로 "제안은 고마워요. 그런데 이번에는 사정이 여의찮아서 못 가겠어요"라고 단호하게 거절한다.

여행을 가든 안 가든 자신의 감정을 확실히 감지한 뒤 이런저런 이유를 고려해서 스스로 판단해 결론을 내리자. 답

답한 가슴이 후련해지고 더할 나위 없이 마음이 편해질 것
이다.

———

어떤 일을 결정할 때, 마음이 무거워질 때가
있다.

———

그럴 때는 "마음아, 너는 진심으로 어떻게 생
각하고 있니?"라고 자기 가슴에게 물어보자!

자신의 감정을
허락하자

대체로 인간관계가 얽히면 자신의 감정은 잘 보이지 않게
된다. 아무래도 인간관계가 우선이라는 생각에 자신의 감정
에는 그만 눈을 감아버리기 때문이다.

합숙 세미나에서 만난 리카 씨는 "기를 쓰고 가족들을 설
득해서 이번 2박 3일 세미나에 참가했습니다"라고 자기소
개를 했다.

전업주부인 리카 씨에게 사흘이나 집을 비우고 가족들

식사 준비에 손을 놓는 일은 '생각할 수 없는' 또는 '있을 수 없는' 범주의 일이었던 모양이다.

그녀는 이제껏 여행을 가자는 권유를 받더라도 친구를 만나고 싶은 생각은 있으나 집을 비우는 일은 상상도 못했다. 식구들이 곤란해지므로 당일치기 이외의 외출은 삼갔다. 가고 싶은 마음은 굴뚝같지만 외박은 포기하고 참으며 살아왔다.

한데 웬일로 이번만은 "그래, 가는 거야!" 하고 결정했다.

"정말이지 가족들을 설득하느라 제가 얼마나 고생을 했다고요. 식구들에게 야마시타 씨의 DVD를 보여주면서 '나, 세미나에 갔다 오면 몰라보게 달라질 거야!'라고 선언까지 했다니까요……."

열의에 가득 찬 그녀의 말을 듣고 있자니 문득 세미나에 참가하는 데 정작 제동을 건 사람은 가족보다는 그녀 자신이 아닐까 하는 생각이 들었다.

그녀는 시간과 돈을 쓰면서 공부하러 오는 일에 대해 스스로 양심의 가책을 느끼고 있었다. 지레 가슴에 찔려 '가족들에게 민폐를 끼치는 건 아닐까?', '가족들이 불편해하면 어쩌지?'라는 생각을 하고, 가족들도 마찬가지라 여겼기 때문에 나름대로 안간힘을 쓰며 설득한 것이 아닐까?

그렇다면 그녀가 가장 먼저 설득한 상대는 누구일까? 바로 자기 자신이다. '무슨 일이 있어도 이번 세미나에 꼭 참가해야 한다'고 자신을 설득시켰으리라……

사실 그녀가 사흘이나 집을 비우는 일은 이번이 처음이다. 가족들도 다소 불편할지 모른다. 그렇지만 자신의 돈과 자신의 시간을 사용하는 일이므로 가족에게도 거리낌 없이 "내가 가고 싶으니 갔다 올게"라고 말해도 좋지 않을까? 그녀의 결의가 굳건하다면 가족들 역시 그녀의 마음을 충분히 헤아리고도 남았을 것이다.

한데 그녀는 무슨 죄라도 짓는 양 집을 비우는 데 양심의 가책을 느끼고, 가야 하는 이유를 구차하게 하나하나 열거하면서까지 가족을 설득하고 자기 자신도 납득시켰다.

자기가 하고 싶은 일인데도 자신에게 "그래, 까짓것 하고 싶으면 해봐"라고 선뜻 허락을 내리지 못하는 모습, 우리의 자화상이 아닐까?

돌이켜보면 나 역시 결혼 초에는 항상 식구들의 기색을 살피며 스스로 행동을 제한하거나 변명을 둘러대는 '며느리'였다.

'가고 싶은' 마음이 굴뚝같아도 "한사코 같이 가자고 하는데 어떡해요", "오랜만에 가는 거잖아"라고 반드시 가야 하는 이유라도 있는 양 가족들을 설득했다.

거리낌 없이 당당하게 "가고 싶어요!", "갔다 올게!"라고 말하면, 홀가분하게 갈 수 있는데도 내 마음은 꽁꽁 숨기고 나도 모르게 그만 변명 섞인 말로 일관했다. 구차하게 '꼭 가야 하는 이유'를 줄줄이 열거하며 설명하는 동안 조금씩 위화감이 들기 시작했다. 그러자 '아니, 내가 내 의지로 내 시간과 내 돈을 써서 가는 건데, 왜 일일이 다른 사람의 허락을 받아야 하는 거지?' 하고 피해의식이 싹트기 시작했다. 급기야 '말도 안 돼. 내가 왜 이렇게 구속받아야 하는 거야!'라는 생각마저 들었다.

그런데 가만히 생각해보면, 구차하게 꼭 가야 하는 이유를 일일이 나열하고 있는 사람은 바로 나 자신이었다. 말도 안 되는 상황으로 몰아넣은 사람도 다름 아닌 나 자신이다. 당시에는 미처 몰랐으나 이제 와서 보니 가족들을 끌어들인 일인 연극이 아니었나 싶다.

지난날의 내가 그랬듯이 리카 씨도 스스로 자신을 옭아매고 있었다. 그러나 그녀는 자신을 설득하는 데 성공해 합숙 세미나에 참가함으로써 이미 달라지기 시작했다.

본인은 아직 의식하지 못할 수도 있지만 그녀는 자기 자신에게 허락을 내리는 일이 얼마나 넘기 힘든 산인지를 극고생을 하며 몸소 체험했다.

이제 그녀는 스스로 '가고 싶다', '하고 싶다'고 생각한 일에 솔직담백하게 '가고 싶다', '하고 싶다'고 마음먹을 수 있다. 아울러 가족들에게도 자신의 마음을 오롯이 전할 수 있을 것이다.

———

하고 싶다는 생각이 드는 일은 솔직담백하게
자신에게 허락을 내리자!

인간관계를 위한
'고마워요'의 위력

나는 결혼하고 나서 시어머니를 가까이서 봐왔다.

시어머니는 시골 읍내에 사신다. 촌마을이라 이웃 사람들이 엄한 시어머니처럼 사사건건 말참견을 하는 것이 예사다. 오죽하면 '마을 시어머니', '시어머니 집성촌'이라는 말까지 있을까.

그런 이유로 시어머니는 이웃사촌들이 당신을 어떻게 생

각하는지에 가장 신경을 쓰신다. 당신 자신이 어떻게 생각하는지가 아닌 이웃사촌들이 어떻게 평가하는지가 더 중요한 분이다.

시어머니는 평가기준과 판단기준이 사뭇 타인에게 쏠린 상태인데, 정작 당신은 통 깨닫지 못하고 계신다.

옆에서 보고 있자면 '저러시면 당신만 힘드신데', '아이고, 저러시다 큰일 나겠네'라는 생각에 걱정이 되면서도 한편으로는 반면교사로 삼았다.

그렇지만 도시와는 달리 시골사회에서 이웃사촌 간의 교제는 떼려야 뗄 수 없는 관계다. 솔직히 더러 성가시기도 하지만, 어려운 일이 생기면 내 일처럼 발 벗고 나서서 도와주는 이웃사촌의 존재가 없다면 시골에서는 생활 자체가 힘들어진다.

마을의 사정상 시어머니처럼 되지 않으려면, 관계는 유지하되 마을 소문이나 우물가 쑥덕공론에는 일절 상관하지 않는 것이 상책이다.

아울러 **멀지도 가깝지도 않은 적절한 관계를 유지하는 데는 "고마워요"라는 말이 제격이다.**

이웃들이 "야마시타 씨는 좋겠네"라고 놀림 섞인 칭찬을

159

하면, 나는 항상 "고마워요" 하고 단골 대사로 되받아친다. 재미있는 건 얼굴을 마주칠 때는 약속이라도 한 듯이 칭찬하는 말만 건넨다는 점이다. 물론 칭찬을 가장한 비아냥거림이고, 험담은 철저히 뒤에서 한다.

쑥덕공론에 끼지 않고 소문에도 귀를 막고 있으면, 험담이 직접 내 귀에 들려 괜스레 기분 상하는 일은 없다. 내 귀에 들어오는 건 오로지 칭찬밖에 없으니 "고맙습니다"라고 되받아치면 이야기는 그쯤에서 끝난다. 그 이상 듣기 거북한 말을 하거나 딴지를 거는 일은 없다.

'고마워요'는 참으로 마법 같은 말이다.

공연히 상대가 듣기 거북한 말을 하더라도 상처 주지 않으면서 내 쪽에서는 기분 상하지 않고 싫은 소리를 차단할 수 있으니 그야말로 안성맞춤이 아닌가.

상대가 심술궂은 말을 던지면 '고마워요'의 방패막이로 나를 지킬 수 있다.

내 입장에서는 타인이 내리는 평가보다는 괜한 화살을 받거나 구설수에 올라 마음고생을 하는 일이 훨씬 성가신 일이므로 짐짓 피하는 방법을 쓰는 것이다.

한편 타인의 평가를 기준으로 삼는 시어머니는 비아냥

거리는 칭찬을 받으면 "아니에요, 무슨 별말씀을 다 하시네……" 하고 손사래를 치며 의례적인 겸손을 보이신다. 형식적인 대답으로 뻔한 거짓말이나 주거니 받거니 하는 관계를 이어가다 보면, 상대에게 끌려 다니게 되는 건 불을 보듯 뻔한 일이다. 앞에서는 웃는 얼굴로 칭찬하고 뒤에서는 삼삼오오 모여 험담하는 관계의 구도도 변하지 않는다.

형식적인 겸손은 '방심'이다. 빈틈을 보이면 악순환의 고리는 끊이지 않고 계속 반복된다.

———

'고마워요'는 마법의 말이다.

자기축을
가진다는 것

타인의 의견이나 체면 같은 것은 일단 내려놓고, 자신의 마음속에서 외치는 소리에 귀를 기울이자. '상쾌·불쾌'를 감지한 결과, 어떻게 할지 선택하는 건 본인의 자유다. 그런데 누구나 자기축을 저절로 습득해서 구사할 수 있는 건 아니다. 일단은 물건으로 훈련을 시작해보자.

무심결에
타인축이 되었던 나

시어머니와 달리 '나는 남의 이목에는 신경을 쓰지 않으니 이웃 간의 교제에서 자유롭다'고 자부하고 있었다.

그러던 내가 정작 무의식중에 이웃의 눈을 어지간히 의식하고 있음을 깨달은 일이 있다.

척하면 착일 만큼 마음이 잘 맞는 친구와 함께 해외여행에 갔다 돌아오는 길이었다.

당시 나는 40대 중반이었다. 물론 '친구가 한사코 같이 가자고 해서……'라는 식의 변명 같은 설명을 덧붙일 필요도 없이 당당하게 "갔다 올게!"라고 말하고 룰루랄라 떠난 여행이다.

간사이국제공항에 도착한 나는 아무 망설임 없이 여행짐을 전부 택배로 보내려고 했다. 작은 핸드백 하나만 가지고 편하게 집으로 돌아갈 생각이었다.

한편 친구는 무거운 여행 가방만 보내고, 수화물 가방에 들어갈 만한 짐은 직접 가지고 돌아갈 생각인 듯했다.

묵묵히 택배 절차를 밟고 있는데, 친구가 나를 보더니

"너도 참 고생이다……"라고 한마디 하는 것이 아닌가?

나는 "어, 뭐가?"라고 되묻는 순간, 불현듯 무언가 뇌리를 스쳤다. "맙소사!"

내가 이웃사람들의 눈을 어지간히도 의식하고 있다는 사실을 깨달았다.

공항에 도착해 지갑이 든 가방 이외는 몽땅 택배로 보내려고 했던 나의 모습, 내 딴에는 굳이 무거운 짐을 힘들게 들고 가지 않을 요량으로 택배 절차를 밟고 있었다. 그러나 그 이면에는 '혼자 해외여행에서 돌아오는 내 모습을 보면 동네 사람들이 어떻게 생각할까?' 하고 남의 이목을 의식하는 나의 모습이 있었다.

'괜히 또 한소리 들으면 귀찮기만 하지 뭐……', '우아하게 해외여행이나 다니고 좋겠네~ 하고 시샘하겠지', '쓸데없이 입방아에 오르내리면 피곤하고 싫어' 이런 생각이 은연중에 깔려 있었던 것이다.

이웃들의 이목에서 자유로운 줄 알았는데, 여전히 타인축에서 벗어나지 못했다.

심지어 내가 타인축으로 행동하고 있다는 사실조차 깨닫지 못했다니……. 이는 그야말로 '무의식적인 타인축'이 아닌가.

남의 눈을 의식하는 타인축 행동은 이토록 뿌리가 깊다. 내 딴에는 의식하고 있다고 믿어 의심치 않았는데, 생각지도 못한 데서 불쑥 튀어나올 줄 누가 알았을까.

'～탓에'와
'～해줬는데'

여기서 다시 한 번 무심결에 타인축으로 행동하는 '무의식적인 타인축'과 스스로 자각한 상태에서 타인축으로 행동하는 '의도적인 타인축'은 무엇이 어떻게 다른지 정리해보자.

'무의식적인 타인축'에는 '나는 어떻게 생각하는가' 하는 사고가 없다. 자신이 어떻게 생각하는지를 헤아리지 못한 채 '타인이 어떻게 생각할까', '타인의 눈에 내가 어떻게 비칠까' 하고 생각한다. 타인이 이렇게 생각하기 때문에 한다, 하지 않는다. 그런 행동은 타인이 나를 이런 식으로 생각할지도 모르니 그만두자…… 라는 식으로 타인의 평가와 판단을 자신의 행동 지침으로 삼는다.

한편 **'의도적인 타인축'**이란 기본적으로 확고한 자기축을 가진 데다 상황에 따라 유연하게 타인축으로 바꾸는 자세다. '나는 어떻게 생각하는가, 어떻게 사고하는가, 어떻게 느끼는가' 이러한 물음표를 자신에게 던지고, 질문에 대한 결론을 인식한 뒤 마음의 준비를 하고 흔쾌히 타인축이 되는 것이다. '의도적인 타인축'은 바꿔 말하면 '타인을 대하는 마음 씀씀이', '배려'라 할 수 있다.

예를 들어 배가 고프지 않은 상태일 때, 친구가 같이 식사를 하자고 한다면 어떻게 할 것인가?

솔직히 아무것도 먹고 싶지 않지만, 친구가 권유하니 함께 가는 행동은 무의식적인 타인축이다. '내가 거절하면 친구의 기분이 상할지도 몰라. 어쩔 수 없으니 그냥 갈까.' 이런 생각에 먹고 싶지도 않은 음식을 먹고 배가 터질 듯한 괴로움에 후회한다. '이게 다 친구가 가자고 했기 때문이야' 하고 화살을 돌리는 건 불을 보듯 뻔하다.

자기축이 없는 사람은 신상에 안 좋은 일이 일어날 경우 십중팔구 타인의 탓으로 돌린다.

그렇지만 자기축을 가지고 있으면 '식사는 하고 싶지 않지만, 친구와 함께 이야기를 나누고 싶다'는 자신의 기분을 확인한 뒤 '좋아, 함께 어울리자' 하고 결정을 내린다. 친구에게는 "배가 고프지 않아 음식을 먹을 생각은 없지만 서로 이야기도 나눌 겸 같이 가자"라고 자신의 의사를 분명히 표현한다.

자신의 감정에 따라 스스로 판단을 내릴 수 있는 사람은 '친구가 먼저 권유해서 먹고 싶지 않은데 억지로 먹게 되었다'고 투덜거리며 불평할 일이 없다. 자신이 원하는 대로 식사는 하지 않고 담소만 나눌 수 있으니 기분 좋게 웃을 수 있다.

또 한 가지 문제는 **타인축으로 사고하고 행동하면 아무래도 '상대를 위해 내가 수고한다'는 일종의 피해의식이 불쑥불쑥 치밀어 오른다.** 이는 '자신의 의지로 적극적으로 하는' 행동이 아니기 때문에 한편으로는 위험하다.

자신도 모르게 왠지 애쓰고 희생하는 듯한 생각이 드는 건 어쩔 수 없다. 그렇지만 '상대를 위해 내가 수고한다'는 의식이 있음을 자각하고, "이건 '누구 때문에 억지로 하는 일이 아니라 내가 스스로 결정한 행동'이야!"라고 자신을 잡도리할 줄 아는 눈을 길러야 한다.

요즈음 곳곳에서 자원봉사 활동을 하는 사람들이 부쩍 늘고 있다. 자원봉사야말로 '자신의 의지로' 기꺼이 하겠다는 희생정신이 필요하지 않을까?

다른 사람들도 다 하는데 나도 하는 편이 낫다, 남들은 다 하는데 나만 혼자 안 하면 냉정한 사람이라고 생각하겠지……

만일 이러한 타인축으로 자원봉사 활동을 한다면 어떻게 될까?

'내가 이 고생을 해서 도와줬는데' 하고 원망하는 기분이 들지 않을까?

내가 이렇게까지 생각해서 봉사하고 있는데……. 이런 불만이 터져 나오거나 심지어 보상을 바라는 기대감이 솔솔 피어오르기도 한다.

이런 상황에서는 봉사를 하는 본인도 괴롭고, 봉사를 받는 입장에서도 정신적으로 힘들지 않을까?

다짐하건대 자원봉사는 자기축에서 비롯된 '감사·참회·낮은 자리·봉사'의 마음을 가지고 임하자. 타인의 평가를 받고자 타인축으로 행하는 자원봉사, 결과를 기대하는 집착심에서 비롯된 자원봉사는 취지에 어긋나는 일이다.

———

'~탓'이라는 피해의식, '~해주었는데'라는 기대감을 갖는 건 자기축이 없기 때문이다.

간병 문제야말로
자기축으로

부모님을 간병해야 하는 상황은 언젠가 찾아올지 모르는 일이다. 어쩌면 나의 부모님, 혹은 배우자의 부모님이 머지않아 거동조차 못하게 될지도 모른다는 막연한 불안은 누구나가지고 있으리라.

그리 될지도 모르고, 되지 않을지도 모른다. 누구도 알 수 없는 일이다.

알 수 없는 미래를 가정해 불안감을 조장하는 일은 권장하지 않는다. 그러나 자기축이 확고하다면, 행여 간병을 해야 하는 상황이 닥치더라도 어느 정도 마음의 준비를 하고받아들일 수 있지 않을까? 마지못해 어쩔 수 없이 간병을받아들이는 수동적인 태도가 아니라 "그래, 받아들이자" 하고 본인의 의지를 가지고 좀 더 능동적으로 임할 수 있을 것이다.

앞서 소개한 '창고 단샤리'를 통해 일약 단샤리계의 전설이 된 요코 씨를 기억하는가? 그녀는 "자기축을 가지니 간병에 임하는 마음이 한결 편해졌어요"라고 말한다.

그동안 그녀는 부모님에게는 착한 딸, 남편에게는 좋은 아내를 연기하느라 안간힘을 쓰며 살았다. 자기축을 가지든 가지지 않든 자신의 부모님이고, 남편의 부모님이다. 그녀의 성격상 간병을 해야 하는 상황이 벌어졌을 때부터 간병에 완벽을 기했을 것이다. 그런데 만일 그녀가 자기축을 가지지 않은 상태에서 간병에 임했다면, 완벽을 기하는 과정에서 정작 자기 자신은 제대로 돌보지 못한 탓에 심신은 상할 대로 상했을 것이다.

자기축을 가지면 '간병이 한결 편해진다'는 말은 과연 어떤 것일까?

어째서 자기축을 가지면 간병이 더욱 편해지는 것일까?

과거 요코 씨는 중요한 용건이 있어도 이를 포기하고, 참아가며 간병에 임하는 유형이었다. 거기에는 '나 하나 희생하면 모두가 편해진다'고 타인축으로 판단하는 버릇, 자신은 착한 딸, 착한 동생이어야 한다는 관념이 엿보인다.

이러한 마음으로 계속 완벽한 간병을 이어갔다면, 그녀는 고통에 몸부림쳤을 것이다. 그러나 다행히도 단샤리로 자기축을 되찾으면서부터 간병을 함께하는 오빠와 올케언니에게 자신의 의사를 확실히 전할 수 있게 되었다.

"수요일과 금요일은 도저히 시간이 안 돼서 갈 수 없지만 다른 요일에는 언제든지 갈 수 있어요."

자신의 의사를 명확하게 전달할 수 있게 되면서 어떤 변화가 생겼을까? 요코 씨는 이렇게 말했다.

"간병을 할 때와 하지 않을 때의 맺고 끊는 것이 가능해져서 마음에 여유가 생겼어요. 덕분에 내 생활도 균형을 찾고 이려 전보다 훨씬 더 가볍에 전녁할 수 있게 되었죠."

그리고 다음과 같이 덧붙였다.

"오빠와 올케언니도 저를 굉장히 신뢰하고 있어요. 서로 편한 시간을 맞춰가며 간병을 하게 되었어요."

자신이 희생해 가슴 한구석에서 피해의식을 안은 채 멍하니 간병을 하고 있었다면, 아마 동기간의 우애도 삐걱거리지 않았을까?

'좀 더 도와주면 좋으련만……', '왜 나만 혼자……'라는 생각에 불만이 더해져 감정이 폭발하거나 답답하고 울적한 마음을 스스로도 감당하지 못했을지도 모른다.

타인축에 기초한 행동은 자신이 그 행동에 임한다는 각오가 없기 때문에 죽도 밥도 안 되는 어중간한 결과를 낳기 십상이다. 그리고 경우에 따라 축의 기준이 된 타인과의 관계마저 악화시키기도 한다.

거침없는 결의를 가지고 자기축으로 행동하면, 상대도 충분히 헤아려준다. 자기축으로 하는 당당한 행동은 주위 사람도 점점 감화하게 만들어 선순환에 이르는 지름길로 인도한다.

———

타인축 행동은 피해의식을 동반한다.

———

자기축으로 행동하면 마음에 여유가 생긴다.

이기주의와
자기축의 차이점

세미나에서 '자기축'에 대해 이야기하면, 어김없이 나오는 질문이 있다.

"자기축으로 자신에게 상쾌인지 불쾌인지를 묻고 상쾌로 분류한 쪽만 선택하게 되면, 그건 결국 자기 멋대로 하는 것과 마찬가지 아닌가요? 자기축과 이기주의는 어떻게 다른가요?"

'자기축을 갖는다'는 건 자신의 마음에 상쾌인지 불쾌인지를 묻고 스스로 생각해서 자신의 의지를 기초로 행동하는 일이다. 좀 더 큰 시야로 보자면 이러한 선택과 결단, 행동을 통해 궁극적으로는 '자신의 생명을 지키자'는 취지가 담겨 있다.

'상쾌인지 불쾌인지를 느끼고 행동한다'는 것은 다소 자기중심적인 인상을 풍기기도 하지만, 스스로 사고하는 가운데 불쾌로 느꼈지만 그럼에도 불구하고 감당하겠다는 선택지도 포함된다.

우리가 자기축을 가지면 자신의 입장에서 상쾌인지 불쾌인지를 분명히 감지할 수 있게 된다. 단순히 마음 가는 대로 '상쾌' 쪽을 선택하면 되는 경우도 있다.

그렇지만 때로는 불쾌하다고 느껴 '불쾌'로 분류했으나 도저히 피할 수 없는 경우도 있다. 특히 사회생활을 하다 보면 눈엣가시처럼 싫은 상사가 있기 마련인데, 업무상 꼭 얽혀야 하는 상황이 발생한다면 어떻게 하겠는가? 단순히 '싫다'고 단정 짓고 사고를 정지할 수는 없는 노릇이므로 '불쾌', '싫음'이라고 분류해 하나의 선택지로 만들어놓는다. 쉽게 말해 불쾌 사인은 감지했으나 피할 수 없으니 받아들여야 한다고 사고했다면, 쿨하게 감당하는 선택지도 있다는 말이다.

단순히 상쾌로 감지하면 무조건 OK, 불쾌로 감지하면 무조건 NO라고 성급히 연결시키는 발상이 아니다.

자기축의 핵심은 자신이 어떻게 느끼는지에 대해 전혀 자각하지 못한 상태에서 사고하고 선택하는 것이 아니라 기본적으로 자신의 감정을 확실히 자각한 뒤 사고하고 선택하는 것이다. 자기축을 가진다는 것은 상쾌인지 불쾌인지를 명확하게 느낀 뒤, 경우에 따라 의도적으로 타인축을 선택해 구태여 불쾌를 감당하는 능력도 갖추는 것이다.

자기 자신만 생각하고 타인은 안중에도 없는 것은 '이기주의'.
기본적으로 자신의 감정을 감지하고 나서 타인을 헤아리는 것은 '자기축'.

이렇듯 이기주의와 자기축은 비슷한 듯하면서도 사뭇 다르다. 자기축이 제대로 확립되어 있어야 자기축과 타인축을 자유자재로 넘나들 수 있다. 물론 여기서 타인축이란 의도적인 타인축을 말한다.

자기축이 제대로 확립되어 있지 않으면 타인축에 휘둘려 '내가 그

렇게까지 해줬는데'라는 피해의식을 키우거나 '기대라는 이름의 집착'을 품는 결과를 초래한다.

상대를 위하는 마음으로 좋게 시작한 일이 급기야 상대를 원망하고, 상대에게 무언가를 지나치게 원하는 집요한 감정으로 변한다면 참으로 서글프지 않은가.

"하지만 내가 ~해줬잖아", "내가 이렇게까지 했는데 저 사람은 나에게 ~해주지 않더라고". 혹여 이런 말이 무심코 나온다면 위험 신호이니 주의해야 한다. 자신의 축이 '무의식적인 타인축'이 아닌지 자문하고 점검해보자.

자기축 되찾기는 이기주의를 권장하는 것도 아니고 자기중심적인 행동을 장려하는 것도 아니다. 우선 **마음의 센서를 갈고닦자**는 것이다.

타인의 의견이나 체면 같은 것은 일단 내려놓고, 자신의 마음속에서 애타게 외치는 소리에 귀를 기울이자. 그리고 '상쾌·불쾌'를 감지한 결과, 어떻게 할지 그 선택은 본인의 자유다.

당연하지 않느냐고 반문하는 사람도 있겠지만, 우리의 거주 공간을 차지하고 있는 물건을 보자. 불쾌하고 쓸데없는 쓰레기, 잡동사니가 얼마나 많은가? 자기축이란 누구나 저

절로 습득해서 구사할 수 있는 것이 아님을 알 수 있다. 일
단은 **물건으로 훈련**을 시작하자.

옷에 착 달라붙은 더러운 진흙처럼 우리 주위에서 떠나
지 않는 쓸모없는 물건, 의미 없는 관념, 주체스러운 인간관
계를 하나하나 정리하다 보면, 마음의 센서가 제 기능을 하
고 스스로도 납득할 수 있는 결단을 내릴 수 있다.

———

'이기주의'란 자기만 생각하는 것이다.

———

'자기축'이란 기본적으로 자신의 감정을 감
지한 뒤 타인을 헤아릴 줄 아는 것이다.

분노의 감정을
마주하는 방법

내 성격상 성인군자처럼 절대로 화를 내지 않는 사람이 될 수 있을 것 같지는 않다. 그렇지만 나는 분노를 고찰하는 방식을 깨달았다. 행여 분노하는 일이 또 생기더라도 분노의 도화선에 불을 댕기는 정체만 제대로 알면 어지간한 화는 부드러이 삭이고 해소할 수 있다.

피해자 위치는
매력적이다

자기축으로 생각하고 행동하다 보면, '어떤 결과든 감당하겠다'는 각오가 선다. 반면 타인축으로 생각하고 행동하다 보면 피해의식이 싹트기 십상이다. '~탓에……'라는 생각이 머릿속에서 떠나지 않는 한, 유쾌한 인생은 더욱 요원해지고 만다.

그리고 가장 중요한 것은 **피해자인 것과 피해의식을 가지는 것은 전혀 다른 문제**라는 점이다.

피해자란 무언가 예기치 못한 재해를 당해 실제로 피해를 입은 사람을 말한다.

한편 피해의식이란 예기치 못한 재해를 당했을 때, 그 원인이 된 대상에 대해 원통함을 품고 자신은 피해자라고 의식하는 것이다. 쉽게 말해 실제로 자신이 피해를 입은 피해자이더라도 사람에 따라 '피해의식을 갖지 말자, 과도하게 의식하지 말자'라고 생각하고 이를 하나의 선택지로 분류해 선택하는 경우도 있다는 말이다.

사람은 피해의식을 가지면 다소 공격적으로 변한다. 피해 자란 마땅히 사회에서 보상해주어야 하는 존재라는 인식이 있기 때문에 "내가 이렇게 피해를 당했으니 사과하라. 이 문제를 어떻게든 해결하라!"고 주장한다.

바꿔 말하면 자신이 피해자임을 무기로 삼는 것이다.

이를테면 지하철이 늦었을 때 "지하철이 늦게 오는 바람에 지각했잖아요, 엄연히 나는 피해자입니다. 이거 어떻게 할 겁니까!"라고 역무원에게 따지는 사람이 있다. 솔직히 역무원은 아무 잘못이 없다는 사실을 알면서도 피해의식을 가지면 이를 무기 삼아 애먼 역무원에게 고함을 지르기도 한다.

특히 무의식중에 피해의식을 가진 사람이 사회적으로 명확히 피해자 입장이 되었을 때에는 더욱 유의해야 한다.

'저런 부모를 만나서 내가 이 모양 이 꼴이 된 거야', '형제 복이 없어서 내가 이 꼴이 된 거야'. 자신은 막연히 피해의식과는 거리가 먼 사람이라고 생각하더라도 가족관계나 인간관계 안에서 부지불식간에 이러한 감정을 품고 있는 모습을 종종 볼 수 있다.

그리고 평소 피해의식을 가진 사람이 어떤 계기로 인해

실제로 '피해자' 입장에 서게 되면, 이때다 싶어 "사과하라!"고 주장할 수 있는 상황에 도취된 나머지 지금까지의 고통을 풀기라도 하듯이 반격에 나서기도 한다. 피해자 위치라는 게 공격을 해도 어느 정도는 용인된다. 피해의식을 격앙시키는 사람에게는 어떤 의미로는 매력적인 위치로 여겨지지 않을까?

그러나 피해자 입장이 되어 공격적인 자세로 고성을 외치며 사과를 요구하는 모습은 결코 아름답지 않다. 사과를 받는다 한들 그것이 본인이 진심으로 원하는 것은 아닐 터이다.

한편 직접적으로 피해를 입었더라도 '자신의 인생 가운데 일어난 일'이라고 의연한 태도로 받아들이고 피해의식에서 멀어지는 사람, 마음속에서 속히 가라앉히는 사람도 있다. 솔직히 피해의식을 계속 안고 있는 것은 참으로 고통스러운 일이다. 그렇다고 애써 무리하게 잊으려 하는 건 외려 마음에 부담이 된다. 그럴 땐 그저 '피해자이므로 피해의식을 가지는 건 당연하다'는 생각을 떨쳐버리기만 해도 마음이 편안해진다.

세상에는 지진이나 쓰나미 등의 자연재해를 비롯해 자신의 힘으로 어찌할 수 없는 예기치 못한 불행한 일이 일어나기도 한다. 이런 경우 당장 피해의식을 내려놓는 일은 어렵다. 그렇지만 평생 피해의식에 사로잡힌 인생을 보내고 싶은 사람은 없으리라.

나는 어떤 사태가 벌어지더라도 피해자라는 '사실'만 받아들이고 현명하게 대처하는 자세로 살고 싶다. 어떠한 외적요인이 끼어들더라도 궁극적으로 내가 어떤 의식을 가지느냐에 따라 내 인생의 빛깔도 달라지지 않을까?

———

피해자인 것과 피해의식을 가지는 것은 별개의 문제다.

분노의 정체
알아차리기

어느 날, 나의 고향 이시카와현의 무가지 신문 편집자에게서 취재 의뢰가 들어왔다. 보통 취재 요청이 들어오면 관리를 담당하는 사무국을 통해 연락을 주고받는다. 그런데 이번 일은 이른바 고향 사람 좋은 게 뭐냐는 생각으로 누군가에게 연락처를 물어봤는지 나에게 직접 연락이 왔다.

전화상으로 취재에 응하기로 하고, 자세한 내용은 메일로 교환하기로 했다.

며칠 후, 편집자 쪽에서 보낸 메일이 나의 분노 폭탄의 도화선에 불을 댕기게 될 줄 누가 알았으랴.

'잘 아시겠지만 무가지 신문이므로 예산이 없습니다. 그런 이유로 이번 일은 취재비 없이 진행하는 것으로 부탁드리겠습니다. 대신 고향 친분을 생각하여 야마시타 씨의 저서 광고와 공식 사이트 주소를 게재하도록 하겠습니다.'

이 내용을 읽은 나는 화딱지 비슷한 위화감을 느꼈다.

만약 '비용이 없습니다. 그렇지만 독자들에게 단샤리를 전하고 싶습니다. 취재에 꼭 응해주십시오'라고 써서 보냈다면 나는 곧바로 '알겠습니다' 하고 응했으리라. 나는 취재비가 무료인 것을 문제 삼고자 하는 게 아니다.

메일을 읽으면서 내가 발끈했던 건 '고향 친분'이라는 표현과 취재비 대신 공식 사이트와 책 광고를 해주겠다는 거래 냄새가 풀풀 나는 제안 때문이다. 당사자인 나에게는 한마디 상의도 없이 짬짜미를 하고 흡사 거래를 제안하는 식의 태도는 도저히 이해할 수 없었다.

단샤리가 고향 사람과 미디어에서는 별로 호평을 받지 않아서였을까? 어쩌면 내심 혼자 품은 응어리 때문에 편집자의 태도에 위화감을 느꼈을지도 모른다.

"왜 이렇게 아니꼽게 느껴지는 거지?"

나는 화를 삭이며 생각했다. 그리고 비로소 '사람은 나를 알아주었으면 하는 상대가, 내가 바라는 형태로 알아주지 않으면 분노한다'는 것을 깨달았다.

내심 고향에서 가장 알아주기를 원했고 인정받기를 바랐다. 그런데 공교롭게도 고향 무가지 신문의 편집자가 하필 그 지뢰를 밟은 격이다. 결국 취재는 정중히 거절했다. 편집자에게 문제가 있었다기보다는 내가 '고향 친분'이라는 말에 과민반응을 한 데 원인이 있었다.

따지고 보면 고향에서 내가 원하는 모습으로 알아주지 않는 것도 내 쪽의 문제이지 상대와는 전혀 무관하다. 고로 상대와 감정적으로 충돌하고 싶은 생각은 추호도 없다. 상대가 빌미를 제공했을지는 모르나 원인 자체는 나에게 있지 않은가. 더구나 상대 쪽에서는 전혀 예상치도 못한 내 쪽의 내 멋대로 식의 사정이다. 이렇게 존조리 생각하고 정리할 수 있는 것도 확고한 '자기축' 덕분이다.

내 성격상 성인군자처럼 절대로 화를 내지 않는 사람이

될 수 있을 것 같지는 않다. 그렇지만 나는 분노를 고찰하는 방식을 깨달았다. 행여 분노하는 일이 또 생기더라도 분노의 도화선에 불을 댕기는 정체만 제대로 알면 어지간한 화는 부드러이 삭이고 해소할 수 있다.

이제 더 이상 누군가를 괜스레 원망하거나 미워하는 일은 없어지지 않을까?

연하장, 어떻게 하고 있나요?

묵은해를 보내고 새해를 맞이할 즈음, 새해 첫 인사로 덕담을 담아 연하장을 보낸다.

연말을 맞아 온 세상이 분주해지기 시작하면 "올해는 어쩐담" 하고 고민에 빠지는 사람들이 여기저기 눈에 띈다.

나의 남편도 지난 몇 년 동안 친구에게 "연하장은 어떻게 하고 있나?"라는 질문을 받는 일이 부쩍 늘었다.

남편은 60대 초반으로 직장인이라면 정년퇴직을 눈앞에 둔 세대라 할 수 있다. 그래서 직장인 친구가 "어떻게 하고 있나?"라고 묻는 일이 잦은데, 아무래도 그 친구는 '이제 슬슬 연하장을 정리하고 싶다'는 생각을 하는 눈치였다.

참고로 나의 남편은 연하장을 전혀 보내지 않는다. 나 역시 먼저 연하장을 보내는 일은 이미 그만둔 지 오래며, 받을 경우에만 보내는데 그마저도 지금은 하지 않는다.

친구의 질문에 남편이 "이쪽에서 안 보내면 저쪽에서도 자연히 안 오게 돼"라고 명쾌하게 대답하면 "그럴 수야 없지"라는 말이 돌아온다고 한다.

'그럴 수는 없다'는 것을 알고 있다면 "자네는 어떻게 하고 있어?"라고 남에게 물을 필요도 없다. 그런데 나는 '그럴 수는 없다'는 말에 흥미가 새록새록 돋았다.

마음에서 우러나와 서로 연하장을 교환하고 싶은 관계가 아니라는 것쯤은 잘 안다. 귀찮기는 서로 매한가지나 친구 입장에서는 그래도 그렇지 '내가 먼저 연하장을 끊을 수는 없다'는 것이다.

다시 말해 **내 쪽에서 먼저 악역을 맡고 싶지 않다**는 뜻이다. 먼저 악역을 맡고 싶지 않은 마음에 성가시다고 생각하면서도 별수 없이 연하장을 보내는 것이다.

학창 시절 새로 사귀어 친하게 지내던 친구도 학교를 졸업하면서 소원해지는 일은 낯설지 않다. 같은 시간을 공유

하고, 같은 것을 배우고 함께 이야기를 나누던 친구도 피차 환경이 바뀌고 시간이 지나면 관계도 바뀌어간다.

시간이 흐르는 가운데 물건과 자신과의 관계가 바뀌듯이 사람과 사람의 관계도 바뀐다.

특히 업무적인 관계라면 더욱 그러하다.

연하장이 친한 사람 사이에 주고받는 것, 서로 소식이 궁금한 사람 사이에 주고받는 것이라면, 인간관계가 변해감에 따라 연하장을 보내는 상대도 변해간다.

그러나 한 번이라도 연하장을 교환한 적이 있는 관계라면, 설령 관계가 희미해지고 피차 성가시다는 생각이 들더라도 상대가 더 이상 보내지 않을 때까지 그저 습관적으로 연하장을 계속 교환하게 된다. 이러한 형식적인 인간관계를 어떻게 생각하는가?

새해 첫 인사가 담긴 연하장을 다만 '나쁜 사람으로 보이고 싶지 않다'는 소극적인 이유로 의미 없이 교환하고 있는가? 덕담은커녕 참으로 서글픈 이야기다.

———

시간과 더불어 인간관계도 변해간다.

좋은 사람으로
보이고 싶어서

사람은 누구나 내심 다른 사람에게 나쁘게 보이고 싶어 하지 않는다. 나 역시 마찬가지다.

"저 사람은 좀 별로야……"라고 험담을 들을 때보다는 "사람 참 괜찮네"라고 칭찬을 들을 때가 기분이 좋은 건 인지상정이다.

이러쿵저러쿵해도 나쁘게 보이기보다는 좋게 보이고 싶은 게 좋은 건 사실이지만, 사람이란 더러 필요 이상으로 '잘 보이고 싶다'는 생각을 하는 경향이 있다.

자신이 싫어하는 사람에게조차 '괜찮은 사람으로 보이고 싶다'는 바람이 바로 그 증거라 할 수 있다. 내가 상대를 싫어하면 상대 역시 자신을 싫어하는 건 누가 보아도 이상하지 않은 일이다. 그런데 자신은 상대를 좋지 않은 시선으로 바라보면서도 상대에게는 잘 보이고 싶은 모순적인 마음이 있다.

대관절 어디까지 '좋은 사람으로 잘 보이고 싶은' 것일까……? 과연 어디까지 '괜찮은 사람'으로 보이면 만족할 수 있을까……?

'좋은 사람으로 보이고 싶다'는 것은 타인의 평가를 간구하는 태도다. 스스로 '좋은 사람이고 싶다'는 바람이 있다기보다는 타인에게 '좋은 사람'이라는 평가를 받고 싶은 것이 아닌가? 두말할 것도 없이 타인축에서 비롯된 발상이다.

한편 **'좋은 사람이고 싶다'고 원하는 것은 자기축에서 비롯된 발상**이다. 한눈에 봐도 자신의 의도와 의지가 엿보이지 않는가. '좋은 사람이고 싶다'고 정신적으로 정진하다 보면, 주위 사람들이 "좋은 사람이군요"라고 입을 모아 칭찬하는 것을 피부로 느낄 수 있다.

'좋은 사람이고 싶다'고 생각하는 것과 '좋은 사람으로 보이고 싶다'고 생각하는 것, 양쪽 모두 다른 사람이 내리는 평가라는 점에서는 같지만 그 의미는 천양지차다.

'그렇게 보이고 싶은 나'와 '실제의 나'도 사뭇 다르지 않은가……

바라건대 나는 누군가에게 평가받기 위해서가 아니라 스스로 신뢰할 수 있는 나 자신이 되기 위해 '좋은 사람'이 되고 싶다.

———

'좋은 사람으로 보이고 싶다'는 것은 타인축의 발상이다.

———

‘좋은 사람이고 싶다’는 것은 자기축에서 비
롯된 발상이다.

6장

내 인생을 살아내는 법

받아들이고
감내한다

인간이라면 기쁜 것도 슬픈 것도 분노하는 것도 당연하다. 그
러한 자신의 감정을 허락하자. 자신을 오롯이 인정하기 바란다.
자기감정에 눈을 감아버리면 판단력이 흐려져 훤히 보이는 것
도 보이지 않게 된다. 감정이 서서히 아물고 치유되기를 바란다
면 자신의 감정에 솔직하게 성큼 다가가자.

각오와 용기가 있는
낙천가

단샤리란 자신의 주변에 있는 물건, 관념, 인간관계를 줄여
가는 행동이다. 실제로 줄여가는 작업을 할 때에는 '자기축'
과 '지금'이라는 시간축을 잣대로 삼는다.

한마디로 현재 자신의 사고, 생각, 느낌, 그리고 선택과
결단에 따라 매듭을 짓는 일이다.

처음에는 **무의식중에 스스로 제한하고 있는 것**에 대한 존재
를 깨닫게 된다. 불필요한 관념을 깨닫는 단계라 할 수 있
다. 이어서 선택과 결단을 내리는 과정을 거쳐 비로소 스스
로 얽어맨 제한과 관념을 풀어버리기 시작한다. 즉 **자기 자신
의 손으로 선택의 자유를 줄 수 있게 된다.** 아울러 **결과도 쿨하게 받
아들일 수 있게 된다.**

이처럼 '각오와 용기가 있는 낙천가'가 되는 것이 단샤리
의 목표다.

단샤리를 계속하면 어떻게 될까?

서서히 시야가 넓어져 자신에게 일어나는 모든 사태를 **조
감하는 시점으로 바라볼 수 있는 능력**이 생긴다. 이제까지는 눈앞

에 있는 대상 자체에 사로잡혀 본질을 포착하는 눈이 어두운 상태였다. 그런데 이제는 눈앞에 있는 대상에 시간, 공간, 연관성과 같은 요소를 더해 둘 사이의 '관계'에 본질이 숨어 있음을 깨닫는다.

그 결과 모든 물건·일·사람에 대해 이전보다 훨씬 여유를 가지고 대처하는 **대범하고 과감한 나로 변모**한다.

———

> 단샤리란 물건, 관념, 인간관계를 '자기축'과 '지금'에 맞춰 줄여가는 행동이다.

부정적인 감정도
받아들인다

살다 보면 누군가 또는 무언가에 대해 부담스러운 감정을 느낀 적이 한두 번씩은 있을 것이다. 우리는 '부정적인 감정은 좋지 않다', '긍정적인 감정은 좋다'는 식으로 감정에 대해 이원론으로 파악하는 교육을 받으며 자랐기에 아무래도 부담스러운 감정은 억압하려 드는 습성이 있다.

그러나 인간이라면 부담스러운 감정을 느끼는 것도 당연

지사다. 기쁜 것도 슬픈 것도 분노하는 것도 당연하다. 모두 다 자연스러운 감정이며 인간이 느끼는 감정 세트라 할 수 있다.

지극히 자연스러운 감정 표현에 대해 "부정적인 감정은 품으면 안 돼!"라고 스스로 제한하면 괴로울 따름이다. 고통만 자초할 뿐이다.

부정적인 감정이든 긍정적인 감정이든 모두 자신의 감정으로 응시하고 받아들이는 것이 단샤리의 자세다.

하루는 세미나를 하고 있는데, 쉬는 시간을 틈타 어느 수강생이 조언을 구하러 온 일이 있다. 실은 그녀의 아들이 수년 전에 세상을 떠나 슬슬 손수 유품을 정리하고 있던 참이었다. 그런데 어쩐지 생각한 대로 잘 되지 않아 시름에 잠겨 있던 차에 마침 세미나에 참가하게 되었다고 한다.

그녀는 조용히 입을 열었다.

"아들의 물건이 남아 있으면 언제까지고 슬픔이 북받치니 이제 그만 정리하고 앞으로 나아가고 싶어요."

한데 나는 어딘가에서 위화감이 느껴졌다.

"평생 슬퍼하고 있으면 안 된다는 건 당신 자신의 감정에서 비롯된 생각인가요?"라고 묻자, 그녀는 고개를 가로저었다. 주위 사람들이 옆에서 유품 정리를 재촉한 모양이었다.
아직 그녀에게는 슬픔에 젖을 시간이 더 필요하다. 자신의
감정과는 다른 일을 무리하게 하려고 했기 때문에 괴롭기만
하고, 정리도 생각대로 안 되었던 것이다.

"울고 싶으면 그저 울고 싶을 때까지 우세요. 그래도 괜
찮아요."

나는 그녀에게 지금 느끼고 있는 슬픔을 억지로 꽁꽁 싸
매지 말라고 당부했다.

부디 자신의 감정을 허락하기 바란다. 자신을 그저 오롯이 인
정하기를 바란다. 부정적인 감정에 억지로 뚜껑을 덮어버리
면 괜스레 고통스러울 뿐이다.

**분노를 느꼈을 때에도 "아, 그렇구나, 나는 지금 화가 나는구나"
하고 자각만 하면 된다.**

그리고 '나는 무엇에 대해 화를 느끼는 것인가', '그 분노
는 어디에서 오는 것인가'를 고찰하면 그만이다.

자신의 감정에 눈을 감아버리면 판단력이 흐려져 훤히
보이는 것도 보이지 않게 된다. 감정이 서서히 아물고 치유
되기를 바란다면 자신의 감정에 솔직하게 성큼 다가가자.

분노를 느끼면 '지금 화가 났구나' 하고 자각
하자.

슬픔을 느끼면 '지금 슬프구나' 하고 받아들
이자.

헤어짐의
쓰라림

자신의 감정에 가까이 다가가 스스로 생각하고 해결책이 보
이면, 비로소 스스로 선택하고 결단하는 단계로 들어선다.

우리는 누구의 허락을 받을 필요도 없이 자신의 생각에
따라 선택하고 결정할 수 있다. 이에 관해서는 120퍼센트
우리의 자유다.

그러나 한편 자신이 선택하고 결정한 일에 대해서는 스
스로 책임져야 한다. 설령 거리낌이나 쓰라림을 맛보아야
할지언정 그것을 오롯이 받아들여야 한다.

이승의 생을 받은 자는 반드시 죽음을 맞이하는 것처럼 **인생사 모든 일에는 시작과 끝이 있다. 만남의 기쁨이 있으면 헤어짐의 쓰라림도 있다.** 산다는 건 그런 것이다.

무언가를 버리고, 무언가를 끊고, 무언가에서 떠나는 일에는 으레 거리낌과 쓰라림이라는 진통이 따른다. 그렇지만 마음의 고통을 오롯이 감내했을 때, 새로운 기쁨과 행복을 만날 수 있는 것이 아닐까?

'불필요·부적합·불쾌'가 되어버린 물건, 관념, 인간관계는 본연의 모습이 어떻든 내려놓을 필요가 있다. 그러나 거리낌과 쓰라림을 구태여 끌어안고 싶지 않다면, 매듭을 짓지 않고 막연히 방치해도 괜찮다. 별반 중요시하는 것도 아닌데 단지 곁에 놓여 있을 따름이라면, 관계 자체가 이미 방치되어 있는 것이나 마찬가지다.

지난날 나에게 기쁨을 선사한 손때 묻은 물건들에게 "그동안 고마웠어"라고 감사의 뜻을 담아 작별인사를 하고 내려놓는 쓰라림도 감내하며 손수 화장해서 떠나보내고 싶다. 그리고 수명을 다해 이제는 사용할 수 없는 물건은 "미안해"라고 깔끔히 사과하고 내려놓고 싶다. 그동안 내가 가까이한 것, 내 손길이 닿은 모든 것들에게 나름대로 경의를 표하고 싶다.

'소중하니까 더욱 담백하게 내려놓는다'는 자세를 갖자. 거리낌이든 쓰라림이든 감내하고 스스로 매듭을 지으면 설령 원치 않는 일이나 난처한 일이 일어나더라도 누군가의 탓으로 돌리거나 무언가의 탓으로 여기는 일이 없어지리라.

"프로는 변명을 하지 않는다"는 말이 있다. 그렇다면 인생의 달인은 "자신의 인생에 변명을 하지 않는다"고 말할 수 있지 않을까?

———

소중한 것일수록 더욱 거리낌도 감내하고 담백하게 내려놓자.

———

그것이 바로 '자신의 인생에 변명을 하지 않는' 것이다.

조감한다,
자존감을 키운다

물건을 취사선택하는 과정에서 '사고·감각·감성'의 회로를 갈
고닦다 보면, 물건 자체만 바라보던 시점에서 '주거 공간'이라
는 공간을 응시하는 시점으로 확대되어 차츰 옮겨갈 수 있다.
일상에서 이런 습관을 통해 강화한 조감력은 물건·일·사람 모
두에게 적용해 자유자재로 구사할 수 있다.

내 집 서랍에서
배운다

~~~~~~~

하루는 유유자적하며 '유네스코 세계문화유산'을 소개하는 텔레비전 프로그램을 보고 있었다. 마침 나스카 지상화을 소개하고 있었는데, 사회자가 "저 정도로 큰 그림이면 지상에서는 땅을 파낸 선밖에 안 보이니 당최 이게 무슨 그림인지 파악할 도리가 없죠. 상공에서 봐야 '아, 새를 그린 거구나' 하고 알 수 있을 텐데, 정말 굉장하군요" 하면서 감탄을 금치 못했다.

그러자 게스트로 출연한 서예가 다케다 소운 씨가 매우 흥미로운 말을 했다.

"저도 체육관에서 굉장히 큰 글씨를 씁니다. 글씨를 쓰고 있을 때는 커다란 종이 위에서 한 붓, 한 붓을 그으면서도 이게 대체 균형이 맞는지 어떤지 전혀 알 수 없거든요. 그런데 신기하게도 다 쓰고 나서 보면 각각의 획이 종이 위에서 적당한 균형을 이루며 글자를 이루고 있더라고요."

이 말을 들은 사회자가 "프로 축구선수의 경우에는 필드 전체가 눈에 들어온다고 합니다. 공을 한 번 패스하는 데도 필드 전체의 움직임을 보고 어디로 보내는 것이 좋은지를 순간적으로 판단해서 패스한다고 합니다"라고 거들었다.

서예와 축구는 사뭇 다른 분야이나 한 가지 공통점을 발견했다. 필요에 따라 본디 가지고 있는 시야를 초월해 더 높은 시점·더 넓은 시야를 가질 수 있다는 점이다.

그렇다면 우리의 뇌는 원래부터 조감하는 능력을 가지고 있는 것이 아닐까? 그렇기 때문에 비행기가 없던 그 옛날에 전체를 내려다 볼 수 있을 만큼 높은 장소가 없는데도 나스카 지상화를 그릴 수 있었던 것은 아닐까?

물론 서예가와 프로 축구선수도 하루아침에 '조감력'을 갖춘 것은 아닐 터이다. 서예가 같은 경우는 한눈에 들어오는 종이 위에서 한 붓 한 붓 수도 없이 달리면서 균형에 맞게 글자를 배치하는 연습을 되풀이했으니 다다미 몇 장분이나 되는 큰 종이 위에서도 똑같이 쓸 수 있는 '조감력'을 갖추게 되었을 것이다. 마찬가지로 프로 축구선수도 날마다 연습하고 시합을 경험하면서 공의 소리, 다른 선수의 성향이나 움직임에 대해 신경을 곤두세워 감각을 예민하게 다듬는 가운데 필드 전체를 한눈에 볼 수 있는 '조감력'을 내 것으로 만들었을 것이다.

노(일본 전통 가면극.—옮긴이)의 세계에는 '이견의 견(離見의

見)'이라는 말이 있다.

제아미(무로마치 시대의 노배우이자 극작가.—옮긴이)가 체득하고 개척한 예술론을 집대성한 책 《화경》에 나오는 말인데, 배우가 연기를 할 때 객석에 앉아 있는 관객의 눈으로 무대 위의 자신을 바라보는 것을 의미한다. 관객이 보는 배우의 연기를 배우 자신이 볼 필요가 있음을 깨닫고, 스스로 자신을 바라보는 눈과 관객이 바라보는 눈이 일치하는 것을 중시한 표현이다. 한마디로 정의하자면 객관적으로 보는 자신의 모습이다.

생각건대 이것은 단순히 '객관적 시점'과는 다른 능력이다. 관객 한 사람의 시점으로 자신을 바라보는 것뿐만 아니라 무대 전체, 공간 전체도 감안하여 좀 더 넓은 시야에서 자신의 일거수일투족을 응시하는 감각이다.

지금으로부터 600년 전의 시대를 살았던 제아미 역시 자신의 모습을 저만치 멀리에서 떨어져 보는 힘, 다시 말해 '조감력'을 갖추고, 대배우로서 무엇보다 그 능력의 중요함을 깨달았던 것은 아닐까?

인생은 노 무대와는 비할 수 없을 만큼 복잡하고 혼돈스럽다. 한 사람 한 사람의 인생을 무대로 비유하자면, 자신의 인생의 무대에서 주인공을 연기하는 우리에게도 '이견의

견'='조감력'이 필요하다.

자신의 인생을 조감할 수 있다면, '어이쿠, 하필 지금 흐름이 꽉 막혀서 옴짝달싹 못 하고 있구나. 한데 조금만 지나면 다시 흐름을 되찾을 수 있을 것으로 보이는군. 괜찮아' 하고 냉정한 사고능력과 예민한 감각으로 마음속 깊은 곳에 있는 메시지를 건져 올릴 수 있어 번뜩임과 직감이 한층 선명해진다. 그러면 미래에 대한 먹구름이 드리워 불안에 떠는 일도 없다.

단샤리를 하면 알게 모르게 조감력이 쑥쑥 자란다. 예술이나 스포츠 등 특수한 세계뿐만 아니라 우리가 누리는 일상 속에서도 충분히 습관이 되어 조감력을 내 것으로 만들 수 있다.

먼저 물건을 통해서 '상쾌·불쾌'를 느끼는 회로를 되찾아 자신의 감정에 솔직하게 성큼 다가가 선택과 결단을 내리기 위한 사고를 한다. 즉 물건을 취사선택하는 과정에서 '사고·감각·감성'의 회로를 갈고닦다 보면, 자연스레 물건을 내려놓는 실천을 재촉하게 된다. 물론 그 결과도 쿨하게 받아들인다. 이 작업을 되풀이하는 가운데, 정리 정돈하면서 물건 자체만 바라보던 시점에서 '주거 공간'이라는 공간을 응시하는 시점으로 확대되어 차츰 옮겨갈 수 있다. 조감력은 물건·일·사람 모두에게 적용해 자유자재로 구사할 수 있다.

단샤리는 조감력을 키우기 위한 훈련이다. 조감력을 강화하는 훈련으로 우선 간단하게나마 집에 있는 서랍에서부터 시작해보면 어떨까?

> 단샤리는 조감력을 키우기 위한 훈련이다.
>
> 인생을 조감하는 능력이 있으면 번뜩임과 직감도 한층 또렷해진다.

제한을 풀면
셀프 이미지가 바뀐다

지금 나에게 '불필요·부적합·불쾌'한 물건을 매듭짓다 보면, 자신이 무엇을 중요시하고 무엇을 좋아하고 무엇을 바라는지에 대해 눈을 뜨게 된다.

히데 씨는 시원시원한 성격의 소유자로 평소 과하게 집착하는 일이 별로 없다. 다만 도구를 완벽히 갖추지 않으면 도무지 직성이 풀리지 않는 유형이다. 회사 동료가 같이 스키를 타러 가자고 하면 스키 도구를 풀세트로 구비해 스키장으로 향하고, 볼링을 치러 가자고 하면 볼링 도구 세트를 장만해야 볼링장에 가는 사람이다.

자신이 좋아하는지, 하고 싶은지의 여부를 생각하기 전에 함께 가자고 하면 반사적으로 "오케이"라고 대답한다. 그때마다 도구를 완비하는 바람에 그의 집에는 스키와 볼링을 비롯해 사용하지 않는 별의별 레저 도구·용품으로 꽉 찬 상태다.

발 디딜 틈도 없는 집 안 꼴을 보고 본인도 신물이 나던 차에 단샤리를 만났다. 그는 필요 없는 물건, 사용하지 않는 물건, 좋아하지 않는 물건을 버리기 시작했다.

비로소 공간에 여유가 생기고 널찍한 집을 만끽하며 심기일전한 그는 차를 바꾸기로 마음먹었다. 그동안은 국산차밖에 눈이 가지 않았는데, 단샤리는 그의 의식에 변화의 바람을 몰고 왔다.

무심코 외제차도 한번 볼까 하고 인터넷에서 '벤츠'를 검

색했다. 그러자 중고차 카테고리에서 가장 조회수가 높은 세 건이 눈에 들어왔는데, 그 중 한 대가 마침 그의 집 근처에 있는 수리공장의 물건이었다. 누군가에게 단샤리된 그 벤츠는 외형은 구식이나 상태는 양호했다. 가격도 고작 55만 엔이었으니 횡재도 이런 횡재는 없다(세상에는 벤츠를 처분하는 사람도 있다).

어떻게 할까 생각하던 중 마침 여윳돈이 있다는 사실이 퍼뜩 떠올랐다. 레저 도구들을 단샤리한 터라 창고를 구입할 필요가 없어졌으며, 동료와 함께 골프 치러 가는 데 드는 돈 일체가 여윳돈으로 돌아온 것이다. 그는 여윳돈을 벤츠 구입 대금에 충당했다.

동료가 먼저 권유하면 함께 어울리곤 했지만 '나는 정말로 골프를 치고 싶은가?' 하고 진지하게 생각했을 때, 별로 치고 싶지 않음을 깨달았기 때문에 골프용품 세트를 구입하는 돈, 골프 연습장에 다니는 돈, 골프 여행을 가는 데 드는 돈이 더 이상 필요 없게 되었다.

그는 '나는 국산차만 몬다'고 생각하던 자기 고정 관념에서 벗어나, '나는 진정 골프를 치고 싶은가?'라고 자문하는 작업을 통해 벤츠를 손에 넣었다. 과거의 자신이라면 생각지도 못한 발상에 상상도 못할 행동을 함으로써 국산차뿐만 아니라 '나는 외제차도 몬다'고 **셀프 이미지를 변화시키는 데 성공했다.**

한번은 그가 단샤리 하우스에 방문한 적이 있다. 마침 근처에서 도자기 축제가 한창이라 함께 구경하러 갔는데, 고심 끝에 고르고 골라서 찻잔을 반값인 3천 엔에 사고 있는 그의 모습을 보았다.

세상에는 7~8천 엔짜리 찻잔을 쓰는 사람도 얼마든지 있다. 알고 보니 그는 그때껏 덤으로 받은 찻잔을 사용하고 있었다. 딱히 좋아하지도 않는 볼링이며 스키 도구를 세트로 구비할 정도라면 몇 천 엔짜리 찻잔을 못 살 형편은 아닐 터, 단순히 셀프 이미지가 낮았던 것일 뿐이다.

매일 손에 드는 그릇인데도 과거의 그는 적당히 덤으로 받은 싸구려 찻잔만 사용했다. 그동안은 장인정신이 깃든 가치 있는 찻잔을 자신에게 허락하는 방법을 미처 몰랐던 것이다.

———

'불필요·부적합·불쾌'한 물건을 매듭지으면, 자신의 취향에 맞는 물건과 소망을 깨닫는다. 자연히 셀프 이미지도 바뀐다!

신뢰하면
근심거리가 사라진다

근심거리와 불안은 대체 어디에서 오는 걸까.

"네 생각만 하면 물가에 내놓은 애처럼 걱정되는구나." 이는 자녀를 둔 부모들의 단골 대사가 아닐까? 어린 아이라면 행여 넘어져 다칠까 걱정되고, 학교에 다니는 아이라면 하라는 공부는 안 하고 놀기만 하니 성적이 떨어질까 걱정된다. 성적이 좋지 않아 행여나 진학·취직을 못 하면 어쩌나 하고 걱정이 끊이지 않는다.

둘러보면 걱정의 씨앗은 지천에 널렸다. 그런데 어째서 걱정의 싹이 움트는 것일까? 우리 애는 툭하면 넘어지잖아, 만날 놀기만 하잖아, 성적이 바닥을 기잖아……. 바로 자기 자식을 신뢰하지 않는 것이 가장 큰 요인이다.

우리 애는 균형 감각이 좋아서 넘어지지 않아, 조금 다치면 어때! 이렇게 신뢰감을 보이면 넘어져서 다치면 어쩌나 하는 걱정도 자연히 줄어든다.

우리 애는 마냥 놀기만 하지만 공부할 땐 바짝 집중해서 확실히 공부한다는 신뢰감이 있으면, 성적이 떨어지면 어쩌나 하는 걱정은 온데간데없이 사라진다.

혹여 성적이 나쁘더라도 우리 애는 솔직하고 배려심 있는 아이니까 공부가 아니더라도 다른 길이 활짝 열릴 거야, 하고 미더워하면 자녀의 장래에 대한 걱정은 마치 눈 녹듯이 사라진다.

'걱정한다'고 하면 흡사 '소중히 여기고 있다'는 말처럼 들리지만 사실은 '미덥지 않다'는 말의 다른 표현일 따름이다.

우리가 자신의 미래에 대해 품는 불안과 근심거리도 마찬가지다.

자신에 대한 신뢰가 강하다면 미래에 대한 걱정은 붙들어 매자. 그만큼 미래가 불안하게 느껴지는 일도 줄어든다.

걱정하는 만큼 걱정이 덜어지고, 불안을 느끼는 만큼 불안이 덜어져 미래에 대해 안심할 수 있다는 보장이 있다면, 걱정과 불안도 나름대로 의미가 있다.

그런데 어디 현실이 그리 호락호락한가?

미래에 대한 근심과 불안은 근심과 불안감을 안고 있는 지금 이 순간마저 어둡게 물들인다. 어느 누구도 예측할 수 없는 미래에 대해 지나치게 걱정하고 불안에 떠는 일은 소중한 현재를 해치는 일이며, 아무 의미도 없는 일이다.

걱정과 불안에서 자유로워지는 가장 확실한 열쇠는 바로

내 손안에 있다. 지금의 나 자신을 미쁘게 여기자.

———

나를 신뢰하면 미래를 걱정할 일이 없다.

———

미래를 어둡게 채색하고 싶지 않다면 지금의
나를 미쁘게 여기자.

좋아하는 것에
둘러싸인 환경

개인심리학으로 유명한 아들러 심리학에서는 자신을 사랑
하는 것, 타인을 신뢰할 줄 아는 것, 자신이 무언가에 도움
이 되는 것을 행복의 조건으로 꼽는다.

생각건대 자신을 사랑하며 살고, 타인을 신뢰하고, 무언
가에 보탬이 되는 데는 우선 나 자신을 신뢰할 줄 알아야 한
다는 전제가 따른다.

자기 자신을 속이는 사람이 과연 타인을 곧이곧대로 믿
을 수 있을까? 나아가 자신이든 타인이든 하나를 의심하기
시작하면 열이면 열, 죄다 의심스러워 보이기 마련인데, 내

가 무언가에 보탬이 되는 일을 할 수 있을까?

자신을 믿는 것이 행복의 기본이다.

그렇다면 나를 믿는다는 것은 무엇일까?

다름 아닌 스스로 자신을 인정하는 것이다.

내가 보기에도 이제껏 생각지도 못할 만큼 훌륭하고 대단한 모습이 되어야 스스로 자신을 인정할 수 있다고 생각하는 사람도 있을는지 모른다.

그러나 사실 자신을 인정하는 건 그리 어려운 일이 아니다. **내가 선택한 물건, 내가 좋아하는 물건, 내가 엄선한 마음에 드는 물건에 둘러싸여 살면 된다.** 쉽게 말해 환경을 통해 자존감을 키워가는 것이다. 있어도 그만 없어도 그만인 물건은 이제 그만 내려놓고, 고심해서 고른 물건과 쾌적한 공간을 나에게 선물하자. 나를 인정하는 데 큰 도움이 될 것이다.

내 주위에 있는 물건에 불신감, 불안감을 품은 상태에서는 자신도 모르는 사이에 '내 인생은 걱정과 불안으로 가득 차 있다'고 아로새기게 된다.

단샤리는 물건을 통해 환경을 정돈하고, 나를 인정하는 행동이기도 하다.

좋아하는 것에 둘러싸인 환경에서 사는 삶이
'나 자신을 믿을 줄 아는 나'로 거듭나게 한다.

기대도 불안도
내려놓는다

미래의 일은 누구도 알 수 없다. 신뢰하되 기대하지는 말자. 불안을 내려놓고 미래를 미더운 눈으로 바라본다면, 지금을 살아가는 내가 한층 생기발랄해진다. 미래는 그 연장선상에 있다. "틀림없이 밝은 미래가 올 거야." 이러한 기대는 집착이므로 그만큼 나를 버겁게 한다.

즐거운 인생의
스위치를 켜라

어두운 방 안을 환히 밝히고 싶을 때, 우리는 으레 전기 스위치를 켠다. 아무리 전기 시설이 잘 되어 있어도 스위치가 오프로 되어 있는 상태에서는 절대로 밝아지지 않는다. 스위치를 온으로 해야 비로소 불이 켜진다는 원리를 알고 있으므로 스위치를 켜서 오프에서 온으로 전환한다.

우리의 인생도 마찬가지 아닐까?

여러 사람들의 고충을 함께 나누면서 한 가지 깨달은 것이 있다. 바로 '인생이란 건 원래 한껏 즐기도록 설계되어 있구나' 라는 것이다. 단, 스위치를 켜지 않으면 마음껏 즐길 수 있는 인생은 가동하지 않는다.

허구한 날 못마땅한 얼굴을 하고, 자신이 처한 환경을 불평하고, 자신의 불행을 다른 무언가의 탓으로 돌리며 원망하는 사람에게는 행복의 신이 얼씬거리지도 않는다.

즐거운 인생, 행복한 인생을 꿈꾸는가? 자신의 안에 있는 스위치를 '오프'에서 '온'으로 전환할 필요가 있다.

나에게 단샤리는 내 인생의 스위치를 켜는 열쇠이자 행동이다.

내 주위에 있는 것을 다시 바라보고 물건과 나와의 관계를 고쳐가면, 언제 그랬냐는 듯 기분이 좋아지고 얼굴에는 웃음꽃이 핀다.

살아 있으면 물건이 밀려들고, 다른 관념이 생기기도 하고, 새로운 인간관계가 구축되는 것이 당연하다. 그래서 여전히 거북스럽고, 불쾌한 기분이 들 때도 있고, 버럭 성질이 날 때도 있다. 이런 게 인생이다.

단샤리는 한 번 했다고 거기서 끝나는 게 아니다. 주변을 전부 정리하고 나면 끝나는 게 아니다. 자동차를 정기적으로 유지 보수하듯이 마음의 환경도 필요에 따라 단샤리로 유지 보수를 할 필요가 있다.

이실직고하자면 나도 아직 단샤리하지 못한 물건이 하나 있다. 오래전부터 안고 있는 뿌리 깊은 물건인데, 여전히 나를 들볶고 괴롭힌다.

할 수만 있다면 남김없이 깔끔하게 처분하고 싶다는 생각이 뇌리에 깊이 새겨져 있다. 한데 요즘에는 차마 버리지 못하는 이 강렬한 존재가 오히려 나의 단샤리를 다듬어주고 있구나, 하는 생각을 하게 되면서 한 발자국 앞으로 더 나아갈 수 있었다.

살아 있는 한 단샤리는 계속된다. 노력과 실수의 반복이다. 전보다 세 발자국 앞으로 나아갔다가 도로 두 발자국 물러날지언정 그래도 한 발자국 앞으로 나아가고 있다는 사실을 느낄 수 있을 것이다.

누가 뭐라 해도 굴하지 않고 씩씩하게 단샤리를 이어가다 보면, 어느 날 별안간 돌파구가 열리는 순간이 온다. 바로 그때 조감이라는 감각을 몸소 느낄 수 있다.

그렇다고 거기서 끝이 아니다. **한층 더 유쾌한 내가 되기 위해 노력과 실수를 되풀이하겠다는 다짐이 필요하다.**

인생이라는 건 애초 즐기도록 설계되어 있다.

그 스위치를 켜는 열쇠가 단샤리다.

한 치 앞은

환한 빛!

"한 치 앞은 어둠"이라는 속담이 있다.

한 치 앞, 즉 내 앞에 펼쳐진 미래는 '어둠'일까 하고 생각하는 순간 기분이 푹 꺼지듯이 가라앉는다. '어둠'이란 '보이지 않는다'는 의미이니 '한 치 앞의 일은 아무도 모른다'는 뜻에서 나온 말이리라.

실제로 미래의 일은 누구도 알 수 없다. 미래는 누구에게나 공평하게 찾아온다.

단샤리를 하면 밝고 희망찬 미래가 기다리고 있을까?

그런 '예측' 섞인 관점으로 본다면 단언할 수 없다. 그렇지만 이런 식으로는 말할 수 있다.

"신뢰하되 기대하지는 말자."

불안을 내려놓고 미래를 미더운 눈으로 바라본다면, 지금을 살아가는 내가 한층 생기발랄해진다. 미래는 그 연장선상에 있다. "틀림없이 밝은 미래가 올 거야⋯⋯." 이러한 기대는 집착이므로 그만큼 나를 버겁게 한다.

단샤리를 하면 좋은 일만 가득 생기게 될까?

반드시 그런 것은 아니다.

'상쾌·불쾌'를 감지하는 센서가 한층 예민해지기 때문에 이제까지보다 '불쾌'한 일에 더욱 민감한 반응을 보이는 사람도 있을 수 있다. 그렇지만 '상쾌'를 느끼는 감수성도 풍

부해지므로 자신에 대해 한층 더 잘 알게 된다. 어느 쪽이든 내가 성장하고 있구나 하는 실감을 몸소 느낄 수 있다.

하루하루 눈앞에 있는 물건과 마주하고 단사리를 계속 이어가다 보면, 문득 지금까지 자신이 걸어온 길이 마치 나선형 계단처럼 느껴질 것이다. 그렇다, 한 걸음 한 걸음, 아주 조금씩이나마 성장하고 있는 것이다. 지난날의 자신과 비교한다면, 몸을 담고 있는 '영역'이 변화하고 있다고 말할 수 있다.

같은 인수분해라도 중학교에서 푸는 문제와 고등학교에서 푸는 문제는 난이도가 다르지 않은가? 학년이 올라갈수록 으레 문제도 어려워진다. 그만큼 우리의 성장을 시험하는 것이라 여기자.

설령 새로운 영역에서 이제까지보다 훨씬 더 힘든 문제에 봉착하더라도 조감력이 단련되었다면, 지금 일어나는 일이 어떤 것인지를 발 빠르게 고찰할 수 있다. 눈앞에 있는 문제를 두고 내가 직접 어떤 전략을 세우고 어떻게 해결해가면 좋을지 생각할 수 있다면, 무슨 일이 일어나도 걱정할 필요가 없다.

"나의 앞날에는 안 좋은 일이 절대로 일어나지 않으면 좋겠다······." 이렇게 소심하게 몸을 움츠러뜨리는 행동, 제발 불운이 찾아오지 않기를 비는 행동, 되레 그 반동으로 과도한 행운을 기대하면서 염불하는 행동은 단샤리와 거리가 멀다. 단샤리는 '무슨 일이 일어나도 괜찮은 나', '어떤 일이든 거뜬히 대처할 수 있는 나'를 가꾸는 작업이다.

이제는 운이나 행운에 기대지 말자.
한 치 앞의 어둠을 환한 빛으로 바꾸는 것이 단샤리다.
그렇다, 애당초 우리는 '한 치 앞의 어둠'을 밝게 비추고 빛으로 바꾸는 힘을 이미 가지고 있지 않은가!

———

미래를 향한 기대와 불안을 내려놓고 지금의 나를 믿자.

———

모든 것을 있는 그대로 오롯이 받아들이고 무슨 일이 일어나도 괜찮은 나를 가꿔보자.

인생은 얼마든지
달라질 수 있기에

반추해보면 얼마나 많은 인생의 변화와 맞서왔는지. 폭풍우처럼 휘몰아치는 인생의 변화를 용케 이겨냈다.

단샤리와 인연을 맺고, 인연을 맺을 기회가 닿은 사람들은 열에 아홉이 인생에서 무언가 변화의 때를 맞이한다. 물론 본인이 변화를 바라는지 여부는 관계가 없다. 본인이 의식하고 있는지 의식하고 있지 않은지도 분명하지 않다.

왠지 모르게 폐쇄감과 불완전감을 끌어안은 당신이 잠시 걸음을 멈춰 '지금까지' 걸어온 자신의 인생을 마치 아득히 멀리 있는 듯이 되돌아본다. 이제껏 걸어온 길이 그대로 쭉 '앞으로' 걸어갈 인생의 여정으로 이어지는 것을 보고 아마 답답함을 느낄지도 모른다.

나의 인생, 다른 길을 선택할 수 있을지도 몰라…….

비로소 한 줄기 희망을 붙잡고 위태위태한 가능성에 자신을 오롯이 맡겼을 때, 당신은 단샤리를 만난다.

어쩐지 불안하고 초조한 느낌이 들어 견디기 힘들지만,

만남 후에는 용기를 내고

만남이 있는 한은 각오를 하고

한데 그 용기와 각오가 자꾸만 우리에게 '내려놓는' 여정의 의미를 묻는 듯하다.

'끊는다'라는 내려놓음.

'버린다'라는 내려놓음.

'떠난다'라는 내려놓음.

작디작은 애달픔 아니, 더러 크디큰 쓰라림이 따르는 '내려놓음'이라는 여정.

그럼에도 과감히 그리고 꾸준히 걸어가다 보면, 반드시 인생은 달라진다.

폐쇄감은 해방감으로.

불완전감은 성취감으로.

나는 그런 사람들을 무수히 많이 만났다.

그렇다. 그런 사람들과의 셀 수 없는 만남이 나의 길을 한 걸음씩 더 재촉한다.

단샤리의 묘미.

인생의 묘미.

앞으로도 이 묘미를 한껏 맛보며 살자고 다짐해본다.

그래, 혼자가 아닌 더 많은 이들과 함께 쭉 나누자.

고마운 마음을 전하고 싶다.

당신과의 인연에 감사와 사랑을 가득 담아서.

야마시타 히데코

다 끌어안고 살지 않겠습니다

1판 1쇄 인쇄 2018년 3월 12일
1판 1쇄 발행 2018년 3월 22일

지은이 야마시타 히데코
옮긴이 박주희
펴낸이 고병욱

기획편집2실장 장선희 **책임편집** 이혜선
마케팅 이일권 송만석 황호범 김재욱 김은지 양지은 **디자인** 공희 진미나 백은주
외서기획 엄정빈 **제작** 김기창 **관리** 주동은 조재언 신현민 **총무** 문준기 노재경 송민진

펴낸곳 청림출판㈜
등록 제1989-000026호

본사 06048 서울시 강남구 도산대로 38길 11 청림출판㈜ (논현동 63)
제2사옥 10881 경기도 파주시 회동길 173 청림아트스페이스 (문발동 518-6)
전화 02-546-4341 **팩스** 02-546-8053

홈페이지 www.chungrim.com
이메일 redbox@chungrim.com
인스타그램 www.instagram.com/redboxstory

ISBN 979-11-88039-16-6 (03830)

- 이 책은 저작권법에 따라 보호를 받는 저작물이므로 무단 전재와 무단 복제를 금합니다.
- 책값은 뒤표지에 있습니다. 잘못된 책은 구입하신 서점에서 바꿔드립니다.
- 레드박스는 청림출판㈜의 문학·교양 브랜드입니다.
- 이 도서의 국립중앙도서관 출판시도서목록(CIP)은 서지정보유통지원시스템 홈페이지 (http://seoji.nl.go.kr)와 국가자료공동목록시스템(http://www.nl.go.kr/kolisnet)에서 이용하실 수 있습니다.(CIP제어번호: CIP2018005058)